魏晋南北朝小说

徐明 编著

全文通过华歆、王朗在患难中对人的不同态度，肯定了华歆言行一致的优良品质，暴露了王朗为人虚伪，自食其言的丑陋行为。

本文的特点是通过一个具体事件，来表现两个人物的品质。有一个人因为有危急情况，想搭乘华歆、王朗的船。华歆觉得有些难办，开始有些犹豫不决，可是，他一旦接受了人家的请求，即使遇到紧急情况，也不改变原来的态度。而王朗在平安的情况下，表示热心帮助别人。可是，一到危急关头，就采取不负责任的态度，出尔反尔，要抛弃人家不管。

阅读中华经典

主编 傅璇琮
副主编 黄遵京 马皖乐

泰山出版社

《阅读中华经典》编委会

序

傅璇琮

　　这套《阅读中华经典》，是打算将我国具有悠久历史而又绚烂多彩的古典文学作品系统地介绍给广大青少年，通过注释、今译和赏析，努力克服语言和文化知识方面的一些困难，让青少年能直接接触古典文学的精华，使他们从少年时代起就对我们伟大祖国的光辉文明有清晰的了解和深切的印象。

　　广大青少年在当前改革、开放的新时期中，思想非常活跃。他们迫切需要了解社会、了解自身，他们希望了解世界的历史和现状，更希望了解中国的历史和现状。中国是一个文明古国，又处在变化发展十分强烈的当今世界中，青少年一定会从现实的千变万化、五光十色中来探索我们民族过去走过的道路，想了解这个有数千年历史的传统文化怎样给现实以投影。我们觉得，在这当中，古典文学会首先引起他们的注意和兴趣。

　　据说，多年前，北京有一所工科学院，它的专业与唐诗宋词没有多大关系，但学校却为学生开设了一门唐诗宋词的选修课，结果产生了原来预想不到的效果。学生们读完了这门课程，激发了爱国心和民族自豪感。他们知道世界上除了托尔斯泰、雨果、海明威之外，在我国历史上早就有了屈原、李白、杜甫、陆游、辛弃疾等许多非常伟大的文学家，早就有了无数优秀文学作品。这就向我们启示：在古典文学界，除了专门论著之外，还应做大量的普及工作。我们应当力求用通俗、生动、准确、优美的文笔，向广大群众、广大青少年介绍我国丰富的文学遗产，介绍我国数千年的历史长河中涌现出来的众多优秀作家、艺术家，介绍我国古代作品中的精品，使他们懂得我们民族的文学中自有它的瑰宝，足可与世界各国的文学相媲美，使他们开阔眼界，增长见识，提高文化素养和审美趣味。这对于培育爱国主义思想，加强对祖国和民族的爱，提高道德情操，丰富精神文化生活，都会起很大的作用。列宁曾说过，只有用人类创造的全部知识财富来丰富自己的头脑，才能成为共产主义者。在一定的条件下，知识是可以转化成觉悟，转化成品格的。有着较高文化素养的人，对于正确与错误，高尚与卑鄙，善与恶，美与丑，更易于作出准确的价值选择。而文化素养中，文学是不可或缺的部分，它往往能在潜移默化、对世界美好事物的多方面领略和摄取中影响人的内心和精神面貌。这是文学的社会功能的特点，也可以说是它自己的规律，这是一种整体性的修养和培育。

这套《阅读中华经典》是我国古典文学启蒙读物，就是从上面所说的宗旨出发，一是介绍知识，二是提供对古典佳作的一种美的选择，美的品尝。如果广大读者特别是青少年能从中得到某些启发，从而有助于自身文化素养和情操的提高，就将是我们最大的满足。

这套读物是采取按时代编排的做法，远起上古神话，下及《诗经》、楚辞、先秦散文、秦汉辞赋、乐府古诗、唐诗宋词、元明清诗文及戏曲小说。这样成系统地类似于教材编写的做法，能否为大家接受？我们认为：第一，这是一次试验，我们想用这种大剂量的做法来试试我们处于新时期中青少年的胃口和消化能力;我们对他们的接受能力和审美水平有充分的信心。第二,我们采取既有系统而又分册出版的办法,在统一编排中照顾到一定的灵活性,读者可以根据自己的爱好,选择自己感兴趣的一部分阅读,不必受时代先后的束缚,兴趣有了提高,可以逐步扩大阅读范围。第三,广大教师和家长们一定能给予正确的指导。目前中小学语文课本中古典作品的分量不多,这套读物正好对此做必要的补充,青少年当可以在语文课之外获得更多的知识,而老师们和家长们的正确引导和指点,无疑会进一步消除阅读中的难点,从而提高阅读的兴趣。如果老师们和家长们能事先浏览,再进而做具体的帮助,则这套读物当更能发挥其系统化的优点。

对作品的注释,考虑到青少年读者的特点,将尽可能浅显,这是克服语言障碍的最基本一环。今译的目的,一是补充注释之不足,使读者对文意能有连贯的了解;二是增加阅读的兴味,使读者对原作的思想和艺术有一个整体的感受。另外,我们还尽可能帮助读者做一些分析,以有助于认识和欣赏作品的思想意义和艺术价值。同时,结合每一时期的文学发展和文体演变,我们还做了一些文学史知识介绍。这些介绍是想对学校教学因课时所限做若干辅助讲解,青少年如能对这些方面的知识有一个大致的掌握,对进一步了解古典文学的历史发展和不同风貌,一定会有较大帮助。

最后应当说明的是,参加这套读物选注工作的,大多是中青年作者。他们在繁忙的本职工作之余,从事于此,有时往往为找到一个词语的正确答案,跑图书馆翻书,找人请教,表现了认真负责的态度和普及文化知识的可贵热情。

另外,这套丛书能与广大青少年读者见面,是和泰山出版社的大力支持分不开的,他们为此付出了辛勤的劳动。在这里谨向他们表示深深的谢意!

魏晋南北朝小说

前言

　　任何一种文学艺术，都有它的历史渊源。魏晋南北朝小说的源头之一就是远古时代的神话传说。炼石补天的女娲，是一位形象高大的女神；治水的大禹，是一位渴望征服自然的英雄。这些神话传说有着美丽的想像、大胆的虚构及最简单的情节和人物形象，也就是说，它已经具备小说的某些因素了。魏晋南北朝小说就直接受到了它的影响。例如，晋朝张华的《博物志》和干宝的《搜神记》，就分别是从《山海经》和《穆天子传》等神话作品发展而来的。在写法上，魏晋南北朝小说也继承了神话传说中那种积极浪漫主义的创作方法。

　　先秦两汉寓言故事，对魏晋南北朝小说也很有影响。这些寓言是作者有意虚构的故事，是为表达某种思想服务的，如《狐假虎威》、《刻舟求剑》等，魏晋南北朝小说中《笑林》、《郭子》就采用了先秦两汉的寓言，还有一些篇章是根据寓言铺叙成篇的。寓言故事中的拟人、夸张、讽刺手法也影响了魏晋南北朝小说的创作。

　　在内容和形式上，魏晋南北朝小说都受到先秦两汉历史散文的影响。如《左传》、《史记》等，它们既是史书，同时又和文学接近，它们注意故事的起伏变化和脉络连贯，通过典型事例刻画人物的性格特征，语言生动，富有表现力。这些对魏晋南北朝小说都有重要的启示和借鉴作用。

　　汉代出现的野史杂传，虽然也有历史作根据，但是，奇事异闻很多，有不少想象和虚构的成分。如《吴越春秋》记载的"干将莫邪"的故事就是这样，它后来被《搜神记》所取材。《世说新语》就可能是由汉代《新序》《说苑》这两部书的形式变化而来的。

如果说，上古神话传说孕育了小说最初的胚胎，那么，先秦两汉寓言故事和历史散文，则为小说开辟了广阔的领域，打下了叙事写人的艺术表现基础。到了魏晋南北朝时，我国小说已开始形成，进入它的童年时期。

然而，魏晋南北朝小说的"枝叶"是从什么样的土壤中生长出来的呢？

东汉末年政治黑暗，爆发了黄巾起义；曹操、刘备、孙权三分天下，战争一直没有停止；西晋王朝仅仅维持了十几年的统一，就发生了"八王之乱"，出现了"五胡十六国"的混乱局面；随后又经历了一百七十年的南北朝对立局面。这长达近四百年的分裂、混乱，使生产遭到严重破坏，百姓流离失所，疾病大量流行。人民希望摆脱悲惨痛苦的处境，向往美好自由的生活。这一时期小说中的优秀作品，就曲折地反映了他们的理想和愿望。

当时社会动荡，人们都难于掌握自身的命运。统治者想长生不老，士大夫要逃避现实，贫苦人则希望精神上的解脱。在这种情况下，道教等迷信思想会同新输入的佛教观念，大肆泛滥，从而刺激了鬼怪神灵故事的产生。

由于南北朝的长期对立，促进了北朝与西域各国的交往，同时也促进了南朝与日本、印度及南洋各国联系的加强。我们从魏晋南北朝小说中，可以清楚地看出中外文化交流的影响，如"灵鬼志"中的"外国道人"就是受到印度佛教的影响。

在那个时期，政局不稳，就是士大夫也觉得毫无生命保障。

当时著名文人如孔融、祢衡、杨修、嵇康、潘岳、陆机、陆云等相继被当权的统治者杀害。士大夫怕谈政治，只说些无用的玄虚的空话，这就形成了一种"清谈"的风气。他们的言行被记录了下来，成为别具风格的小说《世说新语》。

魏晋南北朝小说的数量本来很多，但是大多数已经散失了。又因为假托的作者很多，不少作品的确切时代和作者难以考定，流传至今比较完全而作者可以确定的是干宝的《搜神记》和刘义庆的《世说新语》。

这个时期的小说尽管还处于孩提时代，但对后代的文学创作却有不小的影响。

第一，它为唐传奇的产生准备了条件。《枕中记》、《南柯太守传》是代表唐传奇较高成就的作品，它们都是从《搜神记》中的《汤林幻梦》演变而来的。在现实与想象结合的创作方法上，在刻画人物性格、安排情节结构的技巧上，魏晋南北朝小说都为唐传奇提供了良好的借鉴。

第二，它为后来的笔记小说奠定了基础，开辟了道路。到了魏晋南北朝时期，笔记体才渐趋独立，志怪、志人是笔记小说的两大流派。从此以后，每个朝代都有新的笔记小说出现。如唐代的《酉阳杂俎》，宋代的《夷坚志》，明代的《何氏语林》，清代的《阅微草堂笔记》等都是魏晋南北朝小说的继续和发展。

第三，它还为后代戏曲、小说提供了素材。京剧《童女斩蛇》、《除三害》的剧情来源，是《搜神记》和《世说新语》。黄梅戏《天仙配》也是把《搜神记》中的《董永》作为最早蓝本的。在小说方面，《三国演义》中关于曹操、杨修的一些故事就是取自《语林》、《世说新语》等书。《聊斋志异》中的《劳山道士》，就是《笑林》中《隐形叶》的模仿。《搜神记》中的《三王墓》被鲁迅改为历史小说《铸剑》。

　　总之,这时期小说的影响是很大的,经过唐宋传奇阶段,到明清便出现了《聊斋志异》那样的巨著,魏晋南北朝小说标志着我国小说进入了一个新的发展时期,值得后人很好地认识和研究。

目录

志人小说

魏晋南北朝小说

志怪小说

东方朔饮不死酒

晋·张华

君山有道与吴包山潜通,上有美酒数斗,得饮者不死①。

汉武帝斋七日②,遣男女数十人至君山,得酒欲饮之,东方朔曰:"臣识此酒,请视之。"因一饮致尽③。帝欲杀之,朔乃曰:"杀朔若死,此为不验④;以其有验,杀亦不死。"乃赦之⑤。

选自《博物志》

 讲一讲

张华(232～300),字茂先,范阳方城(今河北省固安县南)人,西晋著名的文学家。《博物志》是他分类记载异境奇物和古代琐闻杂事的笔记,共有十卷。原书已散失,今本是后人收辑整理而成。

① 君山:又名湘山、洞庭山,在今湖南省岳阳县西南洞庭湖

中。相传舜的妃子湘君曾到过那里。包山：又名苞山，俗称洞庭西山，在今江苏省吴县西南太湖中。潜通：有暗道相通。得饮者：能够喝到酒的人。

②斋：斋戒。古人在祭祀之前，要洗澡，然后换上整洁的衣服，不喝酒，不吃肉，以表示虔诚。遣：派出。

③东方朔：字曼倩，是西汉时文学家，为人机智，滑稽。请视之：请让我察看它。一饮致尽：一下就喝完了。

④杀朔若死：杀我，如果我死了。验：灵验，产生预期的效果。

⑤赦（shè）：免罪。

 **译过来**

君山有一条道，与吴地包山地下的暗道相通，山上有很多世界上最好的酒。据说，能够喝到它的人永远不会死去。

汉武帝想长生不老，斋戒了七天后，派遣几十名男女到君山去，最后终于得到了"不死酒"。武帝拿起酒刚想喝，东方朔说："我识得这种酒，请让我先看一下它的真假。"武帝就把酒拿给他看。东方朔接过来，一仰脖子就全喝光了，武帝非常生气，要杀死他。东方朔说："假使杀得死我，这种酒便不灵验；假使这种酒是灵验的，就是杀我也不会死的。"汉武帝这才有所觉悟，于是，就赦免了他。

 **帮你读**

本文通过东方朔饮"不死酒"的故事，揭露了汉武帝企图借

助仙酒长生不死的荒唐可笑，赞扬了东方朔的滑稽多智。

在古代，有些封建帝王迷信长生不老的说法，他们常常派出大批人到各地，甚至到远方的海岛去寻找"不死药"、"不死酒"。其中，发生过许多荒谬可笑的故事，汉武帝寻找"不死酒"就是一例。东方朔是用什么方法揭穿这个骗局呢？"自相矛盾"是我们都知道的成语。东方朔采用的就是"以子之矛攻子之盾"的办法。

汉武帝派人去寻找"不死酒"的行动，说明他认为喝了这种酒会长生不死的。但是，没想到东方朔抢先喝光了找来的"不死酒"。武帝大怒，而"欲杀之"。这里，武帝在对这种酒的认识上是相互矛盾的，思维是混乱的。如果"不死酒"灵验，那么东方朔喝了是不会被杀死的，但汉武帝"欲杀之"的举动又说明，他也认为即使喝了"不死酒"的人也会被杀死的。在这同一个问题上，汉武帝又肯定，又否定，从而自己打了自己的嘴巴，陷入了自相矛盾、不能自圆其说的境地。

东方朔抓住了汉武帝自相矛盾的弱点，善于劝谏，"杀朔若死，此为不验；以其有验，杀亦不死"。听了这一席话，有谁还相信世上有"不死酒"呢？面对他富有风趣的谈吐，汉武帝被弄得无可奈何，最后不得不"赦之"。东方朔不仅喝了酒，还解脱了自己，又戳穿了"不死酒"的骗局，真是聪明透顶、机智过人。

余音绕梁

晋·张华

薛谭学讴于秦青①，未穷青之技②，自谓尽之遂辞归③。秦青不止，饯于郊衢④，抚节悲歌⑤，声震林木，响遏行云⑥。薛谭乃谢⑦，求返，终身不敢言归⑧。

秦青顾谓其友曰：昔韩娥东之齐⑨，匮粮⑩，过雍门，鬻歌假食而去⑪，余响绕梁，三日不绝，左右以其人弗去⑫。过逆旅⑬，旅人辱之⑭。韩娥因曼声哀哭⑮，一里老幼⑯，悲愁涕泣⑰，相对三日不食，遽追而谢之⑱。娥复曼长歌，一里老幼，喜欢抃舞⑲，弗能自禁⑳，乃厚赂而遣之㉑。故雍门人至今善歌哭，效娥之遗声也㉒。

选自《博物志》

 讲一讲 ▼

① 学讴（ōu）：学习歌唱。于：向。

② 穷：穷尽，完结。技：技艺，本领。这句是说，薛谭没有全部学到秦青的歌唱本领。

③ 辞：告别。

④ 饯（jiàn）：用酒食送行。郊衢（qú）：城外的道上。

⑤ 抚节：打着节拍。悲歌：伤心地歌唱。

⑥ 遏（è）：阻止。响遏行云：形容歌声响亮，把天空的行云都阻止了。

⑦ 谢：谢罪。这里指承认错误。

⑧ 求返：请求回去。终身不敢言归：一辈子不敢说回家。

⑨ 顾：回头看。之齐：到齐国去。

⑩ 匮（kuì）：缺乏，不足。

⑪ 雍门：地名。鬻（yù）：卖。鬻歌假食：用卖唱来换取食物。

⑫ 余响绕梁，三日不绝：歌唱完了的余音绕着房梁传播，三天都不消失。以其人：以为她这个人。左右：附近的人。弗去：没有离开。

⑬ 逆旅:旅馆,客店。

⑭ 曼(màn)声:声音悠长。

⑯ 里:这里指的是居民居住的地方。

⑰ 泣:哭。涕:眼泪。

⑱ 相对:面对面。遽(jù):急。谢:道谢。

⑲ 抃(biàn)舞:欢乐起舞。抃,鼓掌。

⑳ 弗:不。禁(jīn):抑制。

㉑ 厚:厚重。赂(lù):赠送财物。遣:送走。

㉒ 故:所以。效:仿效。遗声:留下的歌声。

译过来

　　薛谭向歌唱家秦青学习唱歌,他还没有把秦青歌唱的技艺完全学到手,却自以为学到头了。于是,他就向老师告别,请求回家去。秦青没有阻止他,而是在郊外的大道旁,摆设了酒食,为他送行。酒席中间,秦青打着节拍,唱起了悲哀的歌,他的歌声不仅震动了附近的树林,而且,好像把天空飘着的云彩也吸引住了。薛谭听了这歌声,大吃一惊,于是就立刻向秦青承认了错误,请求回到他身边,继续向他学下去。秦青仍然收留了他。从此以后,薛谭一辈子也不敢说回家的话了。

　　这时候,秦青看看一同来送行的这些朋友,说:从前,有一位著名的女歌唱家韩娥乘车来到了齐国。她所带的粮食不足了,在经过雍门的时候,便靠卖唱来换吃的,然后离开了那里。但是,她走了后,那里似乎还有遗留的歌声,在屋梁萦绕飘荡,一连三天都不消失,周围的人都以为韩娥还没有离开这里呢。

　　又有一次,韩娥去旅馆住宿。旅店里的人对她很不尊重,韩娥就悲哀地哭起来,声音悠长哀婉。当地的人,不管是老人,还是小孩,听到了这声音,都悲哀忧郁地哭了,大家都相对无言,一连三天不想吃东西。他们都听说韩娥走了,就急忙去追赶韩娥,还向她道了歉。韩娥又唱起悠扬动听的歌,当地的老人和小孩听到了以后,都高兴得欢乐起舞,不能控制自己。后来,大家就送给她很多财物,很有礼貌地送走了她。

所以,雍门人直到今天还善于用唱歌一般的腔调来哭,就是仿效了韩娥当年遗留下的声音啊。

帮你读

这篇文章在结构上是采用大故事套小故事的方法来写的。大的是"薛谭学艺"的故事:薛谭向秦青学习唱歌,还没有真正学会,就以为学成了技艺,想回去,秦青在为他送行的时候,"抚节悲歌",通过歌声,薛谭看到了自己的差距,"乃谢","终身不敢言归"。为了让薛谭对学艺有更清醒的认识,秦青又讲了"余音绕梁"的故事,这个小故事是从属于前面大故事的,是为大故事的内容服务的。这种结构,可以使文章有较大的容量,具有使故事情节更加曲折生动的特点。

从这篇文章我们可以看出,秦青教育学生的方法是很高明的,他对学生认识上的错误,没有直接批评和指责,而是通过他"响遏行云"的歌声,和讲韩娥的故事,让学生自己认识到自己的错误,让他们深刻体会到:学习是无止境的,只有奋发努力,才能学到高超的技艺,最终达到出神入化的地步。这些道理至今仍对我们有着深刻的教育意义。

童女斩蛇

晋·干宝

东越闽中，有庸岭①，高数十里。其西北隙中②，有大蛇，长七八丈，大十余围③，土俗常惧④。东冶都尉及属城长吏⑤，多有死者。祭以牛羊⑥，故不得福⑦。或与人梦⑧，或下谕巫祝⑨，欲得啖童女年十二三者⑩。都尉、令长并共患之⑪，然气厉不息⑫。共请求人家生婢子⑬，兼有罪家女养之。至八月朝祭⑭，送蛇穴口，蛇出，吞啮之⑮。累年如此⑯，已用九女。

尔时预复募索⑰，未得其女。将乐县李诞家⑱，有六女，无男，其小女名寄，应募欲行，父母不听⑲。寄曰："父母无相⑳，惟生六女，无有一男，虽有如无。女无缇萦济父母之功㉑，既不能供养，徒费衣食㉒，生无所益㉓，不如早死。卖寄之身㉔，可得少钱，以供父母，岂不善耶？"父母慈怜，终不听去㉕。寄自潜行㉖，不可禁止。

寄乃告请好剑及咋蛇犬㉗。至八月朝，便诣庙中坐㉘，怀剑㉙，将犬㉚。先将数石米糍㉛，用蜜麨灌之㉜，以置穴口。蛇便出，头大如囷㉝，目如二尺镜㉞。闻糍香气，先啖食之。寄便放犬，犬就啮咋，寄从后斫得数创㉟。疮痛急㊱，蛇因踊出㊲，至庭而死㊳。寄入视穴，得其九女髑髅㊴，悉举出㊵，咤言曰㊶："汝曹怯弱㊷，为蛇所食，甚可哀愍㊸！"于是寄女缓步而归。

　　越王闻之,聘寄女为后④,拜其父为将乐令⑤,母及姊皆有赏赐。自是东冶无复妖邪之物⑥,其歌谣至今存焉⑦。

选自《搜神记》

 讲一讲

　　干宝(? ～336):字令升,新蔡(今河南省新蔡县)人。他是东晋初年的史学家,也是魏晋南北朝时期著名的小说家。《搜神记》是他撰写的一部志怪小说集,现存二十卷。书中记述了许多神仙鬼怪故事,有宗教迷信思想,但也保留了不少民间故事和神话传说,是魏晋南北朝志怪小说的代表作。

　　① 东越:是汉朝初期的一个小国,在现在的浙江、福建省一带。闽中:地名,在现在的福建省。庸岭:山名。

　　② 隰(xí):低洼的湿地,此亦指山洞。其:它的。

　　③ 围:两手拇指与食指对合起来叫一围。古代人常用这作为简单的计算单位。

　　④ 土俗:指当地的百姓。惧:担心、害怕。

　　⑤ 东冶:东越国的都城,在现在的福建省福州市。都尉:地方上掌管军事的官。属城长(zhǎng)吏:闽中所属县城的县官。

　　⑥ 祭:祭祀,一种供奉鬼神的迷信活动。以:拿,用。

　　⑦ 故:仍旧。福:保佑。

　　⑧ 或:有时。与人梦:给人托梦,通过梦告诉人们。这是古代人们一种迷信的说法。

　　⑨ 谕:告诉。巫祝:巫师,旧时代用装神弄鬼来骗钱的人。

　　⑩ 欲:想要。啖(dàn):吃。童女:未成年没有结婚的女孩

子。

⑪ 令长：县官。患：忧虑。之：指上面蛇吃童女这件事。

⑫ 气：指蛇的气焰。厉：猛烈。息：停止。

⑬ 家生婢（bì）子：奴婢的子女还要世世代代地在主人家里做奴婢，男的叫家生奴，女的叫家生婢。

⑭ 有罪家女：犯有罪过的人家的女儿。朝（zhāo）：月初。

⑮ 啮（niè）：咬。之：代词，指童女。

⑯ 累年：连年。

⑰ 尔时：这时候。预：预先。复：又。募索：招募，寻找。

⑱ 将乐县：地名，在现在的福建省南平市西。

⑲ 应募：接受招募。听：听从，同意。

⑳ 无相（xiàng）：没有福相。古时候重男轻女，不生男孩就说是没有福相。

㉑ 惟：只，仅。缇萦（tí yíng）：人名，汉朝太仓令淳于意的小女儿。淳于意没有儿子，只有五个女儿。汉文帝时，淳于意由于犯罪得受肉刑，没有人来解救，因此他感伤地说："生女孩不如生男孩，一旦有急难的时候，女孩就毫无用处！"缇萦很悲痛，随着她父亲来到长安，给皇帝上书自愿做公家的婢女，以此赎父亲的罪。汉文帝受到感动，就没有治淳于意的罪，还下命令废除了肉刑。于是就留下了"缇萦救父"这个故事。

㉒ 徒：白白地。

㉓ 生无所益：活着没什么用处。

㉔ 之：的。

㉕ 岂不善耶：难道不好吗？慈怜：慈爱，怜爱。不听去：不让李寄去。

㉖ 潜行:偷偷地走。

㉗ 乃:于是。告请:向官府请求。咋(zé):咬。

㉘ 诣(yì):到。

㉙ 怀剑:怀中藏着剑。

㉚ 将:带领。

㉛ 石(dàn):过去的计量单位,十斗为一石。数石:此应为虚数,即很多的意思。糍(cí):一种用糯(nuò)米做成的食物。

㉜ 麨(chǎo):炒麦粉。灌:浇。

㉝ 囷(qūn):圆形的谷仓。

㉞ 目如二尺镜:眼睛就像是直径有二尺的大镜子。

㉟ 斫(zhuó):砍。创:伤口。

㊱ 疮:皮肤上受伤的地方。

㊲ 踊:往上跳。

㊳ 至:到了。庭:院子。

㊴ 入视:进去看。髑髅(dú lóu):死人的头骨。

㊵ 悉:全部。

㊶ 咤(zhà):叹息声。

㊷ 汝曹:你们这些人。怯(qiè):胆小。

㊸ 甚可:很值得。愍(mǐn):怜悯,可怜。

㊹ 聘(pìn):指的是男方娶妻送彩礼定亲。

㊺ 拜:授给官职。

㊻ 自是:从此以后。妖邪之物:指吃人的蛇之类的怪物。

㊼ 歌谣:指赞美李寄英雄事迹的歌谣。存:保留,留存。焉:在那里。

译过来

　　东越国闽中这个地方,有一座名叫庸岭的大山,高达几十里。在它西北边低洼阴湿的洞里,有一条大蛇,足有七八丈长,腰有十来尺粗,当地人把它看做一大祸患,就连驻守东冶城带兵的武官和县令,也有被它咬死的。人们准备了丰盛的礼品祭蛇神,把整只的牛、羊都送给大蛇,仍旧得不到保佑。这时候,有的人说蛇神有时给他们托梦,巫师也造谣说蛇神想吃十二三岁的小女孩儿。这地方带兵的武官和县官都为这事担惊害怕,却一点办法也没有。这样,大蛇的气焰更加嚣张,不停地祸害人。于是当官的就把家奴生的女孩和犯罪人家的女孩抓起来,收养起来。等到每年八月初祭蛇神的日子,就把她们送到蛇洞口,大蛇窜出来,一口就把小女孩给吞下去了。年年都是这样,被大蛇吞掉的小女孩已经有九个了。

　　到了第十个年头,官府事先又到处招募寻找祭蛇的小女孩,可一直没找到。将乐县有个名叫李诞的人,他有六个女孩,没有男孩。他最小的闺女叫李寄,打算接受官府的招募,去当祭蛇的小女孩。她父母说什么也不答应。李寄说:"爹娘没有生男孩的福分儿,只生了六个女儿,一个儿子也没有,虽然有女儿,却和没有孩子一样。我没有像缇萦那样能给爹娘解救苦难的功用,也没有本事来奉养你们,白白地浪费掉父母衣裳和饭菜,这样活着有什么用处呢?不如早点死掉算了。现在如果把我卖了去祭蛇,还可以得到一点钱,拿来供养二老,这不是很好吗?"父母听了小女儿的话,更加疼爱她了,不管她怎样说,始终不肯叫她去

魏晋南北朝小说

应招。于是李寄就瞒着父母，独自一个人，偷偷地溜走了，家里谁也没有办法阻拦她。

李寄应招以后，就向官府要了一把锋利的宝剑和一条专会咬蛇的猎狗。等八月初祭蛇的日子到了，她怀里藏着宝剑，牵着猎狗，自己就走到蛇洞前的庙里坐等着。她事先准备好了很多糯米做成的饭团，粘上蜜糖，把它放在蛇洞口。功夫不大，蛇出洞了，只见它的脑袋有粮食囤那样大，眼睛像两面二尺长的大镜子闪闪发光。它闻到饭团香甜的气味，就伸长脖子，美滋滋地吃了起来。李寄趁它不防，立刻放出猎狗。这只凶猛的猎狗扑到大蛇跟前，一口咬住不放。这时候，李寄立刻从背后用宝剑对准大蛇使劲砍。大蛇多处受重伤，伤口疼得很厉害，一下子从洞里窜出来，在庙堂的院子里翻腾了几下，没爬多远就死了。李寄走进蛇洞一看，发现了以前被蛇吃掉的九个小女孩的头骨。她就全搬了出来，感慨地说："你们这些人，都太胆小软弱了，白白地被蛇吃掉，很是可怜！"说完她就慢慢走回家去了。

东越王听了这个消息，很赞赏李寄的勇敢行为，就迎娶李寄做了王后。他还让李寄的父亲当了将乐县的县官。李寄的母亲和姐姐们也都得到了赏赐。从此以后，东冶这个地方再也没有像大蛇那样祸害人的东西了，颂扬李寄斩蛇事迹的歌谣，至今还在那一带流传着。

帮你读

这篇小说歌颂了李寄独战巨蛇、为民除害的事迹，成功地塑造了这位有智慧、有勇气的少年女英雄的形象。

首先，小说的开头极力渲染恐怖的气氛，为李寄出场作了铺垫。在山高谷深的地方，一条七八丈长的巨蛇经常出洞伤人，连地方上的官兵也有丧命的。祭蛇的日子到了，官府又准备寻找喂蛇的小女孩，整个庸岭山区笼罩着一片恐怖的气氛。而李寄就是在这种情况下出场的。

小说是通过细节描写来表现李寄的坚毅果敢的。李寄自告奋勇，主动要求充当祭品。她深知，这次斩蛇，生死难以预料，但她不顾个人安危，不顾父母苦苦劝阻，挺身而出，决心为民除害。小说没有用什么慷慨激昂的词语来描写，而只用了"潜行"这个细节就刻画出她坚毅果敢的精神来。

其次，小说通过李寄的具体行动来写她机智、勇敢的精神。斩蛇前，李寄"告请好剑及咋蛇犬"，并做好了周密的准备。她把诱饵放在洞口，引蛇出洞。当蛇正在吃食时，"寄便放犬"，从正面向蛇攻击。紧接着，她自己则从后面袭击巨蛇，奋臂砍杀。一时间，蛇出、狗咬、人搏的拼杀场面，真是令人惊心动魄。尤其是在斩蛇之后，她毫不慌乱，"缓步而归"，这更充分表现出了女英雄那从容、自信的神态和机智勇敢的精神。

小说在塑造李寄形象时运用了对比手法，如官府的昏庸无能同李寄的机智勇敢；九个女孩的软弱同李寄的英勇。小说说明了面对凶恶，只有善于斗争、勇于斗争才能求得生存，而怯懦却是死路一条的道理。

三 王 墓

晋·干宝

楚干将、莫邪为楚王作剑①，三年乃成②。王怒，欲杀之。剑有雌雄③。其妻重身当产④，夫语妻曰⑤："吾为王作剑，三年乃成，王怒，往必杀我。汝若生子是男，大⑥，告之曰：'出户望南山，松生石上，剑在其背⑦。'"于是即将雌剑，往见楚王⑧。王大怒，使相之⑨："剑有二，一雄一雌，雌来，雄不来。"王怒，即杀之。

莫邪子名赤，比后壮，乃问其母曰："吾父所在⑩？"母曰："汝父为楚王作剑，三年乃成。王怒，杀之。去时嘱我：语汝子：'出户望南山，松生石上，剑在其背。'"于是子出户南望，不见有山，但睹堂前松柱下⑪，石低之上⑫，即以斧破其背，得剑。日夜思欲报楚王⑬。

王梦见一儿，眉间广尺⑭，言欲报仇。王即购之千金⑮。儿闻之，亡去⑯，入山行歌⑰。客有逢者⑱，谓："子年少，何哭之甚悲耶⑲？"曰："吾干将、莫邪子也，楚王杀吾父，吾欲报之。"客曰："闻王购子头千金，将子头与剑来，为子报之。"儿曰："幸甚⑳！"即自刎㉑，两手捧头及剑奉之㉒，立僵㉓。客曰："不负子也㉔。"于是尸乃仆㉕。

客持头往见楚王，王大喜。客曰："此乃勇士头也，当于汤镬煮之⑩。"王如其言㉗,煮头三日三夕,不烂。头踔出汤中㉘,瞋目大怒㉙。客曰:"此儿头不烂,愿王自往临视之㉚,是必烂也。"王即临之。客以剑拟王㉛,王头随堕汤中。客亦自拟己头,头复堕汤中。三首俱烂,不可识别。乃分其汤肉葬之,故通名三王墓。今在汝南北宜春县界㉜。

选自《搜神记》

 讲一讲

① 楚:春秋时期的一个诸侯国,地域原在今湖南、湖北一带,后来扩展到河南、安徽、江苏、浙江、江西、四川一带。干将、莫邪(yé):人名,他们二人是夫妻。作:制作。

② 乃成:才做成。

③ 欲杀之:想杀掉他们。剑有雌雄:有一对雌雄宝剑。

④ 重(chóng)身:怀孕。当产:要生小孩。

⑤ 语:告诉。曰:说。

⑥ 往:前往,前去。汝:你。若:如果。大:长大成人。告之曰:告诉他说。

⑦ 户:门。背:后面。

⑧ 即:立即,马上。将:携带。

⑨ 这句是说,叫人鉴定一下剑的质量。相(xiàng):察看。

⑩ 比后壮:等后来长大了。乃问其母曰:于是问他的母亲说。吾父所在:我的父亲在哪儿?

⑪ 睹(dǔ):看见。

⑫ 低:就是"砥",指柱脚石。

⑬ 欲报楚王：想找楚王报仇。

⑭ 眉间广尺：两眉之间有一尺多宽的距离，是夸张写法，形容额头宽大。

⑮ 购之千金：用千金的重赏来捉拿赤。

⑯ 闻之：听到这个消息。亡去：逃走。

⑰ 入山行歌：进山以后，一边走，一边唱歌。

⑱ 客：山中的侠客。逢：遇见。谓：说。子：古代对男人的尊称，相当于现在的"您"。

⑲ 这句是说，你为什么哭得这样伤心呢？

⑳ 将：拿。报之：报这个仇。幸甚：好极了。

㉑ 自刎（wěn）：用剑割自己的脖子来自杀。

㉒ 奉：献给。

㉓ 立僵：尸体僵硬，直立不倒。

㉔ 负：辜负。

㉕ 仆（pū）：向前跌倒。

㉖ 此乃：这就。当于：应当放在。汤镬（huò）：煮着热水的大锅。秦汉时代，镬用来作刑具，放上开水煮有罪的人。古代把热水叫做汤。

㉗ 如其言：依照他的话去做。

㉘ 夕：夜晚。踔（chuō）：跳跃。

㉙ 瞋（chēn）目：睁大眼睛瞪人。

㉚ 临视：靠近镬边去观看。

㉛ 拟：估量对准。此句话意为瞄准后砍杀。

㉜ 随堕：随着剑落下。俱：都，全部。分其汤肉：把头从水中捞出来。故通名：因此总称为。汝南：就是现在河南省汝南县。

北宜春县:在河南省汝南县西南六十里。

译过来

　　楚国有一对夫妇,男的叫干将,女的叫莫邪,他们给楚王铸造宝剑,三年时间才铸成。楚王恼怒他们造剑时间长了,就想借故杀害他们。干将、莫邪铸造的剑是一雌一雄两把,莫邪怀孕快要生小孩了,干将却要向楚王交剑。他临走时对妻子说:"我们给楚王造剑,用了三年才造好。楚王一定会发怒。我就是把一对剑都送去,他也会杀掉我,所以我只把雌剑送去。如果你生的是男孩,等他长大后告诉他:'出门朝南山上看,在那里的岩石上有一棵松树,我们铸的雄剑就藏在那棵树的背后'。"说完,干将就带着雌剑去见楚王了。

　　果然,楚王一见干将,就大发脾气,马上派人检验查看干将带来的剑。那个人说:"这应当是一对雌雄剑,交来的这把是雌剑,雄剑没有拿来。"楚王听了更加恼怒,立刻杀死了干将。

　　干将死后不久,莫邪生了一个男孩,叫赤,赤后来渐渐长大了。他就问母亲:"母亲,我父亲在什么地方?"莫邪说:"你父亲给楚王造剑,干了三年才成功。楚王却非常生气,杀死了他。他临走的时候嘱咐我:'告诉你儿子,走出家门向南山上看,南山上有棵松树长在石头上,一把宝剑就藏在那棵松树的背后。'"于是,赤走出家门向南一望,没有看见山,只看见厅堂前那根松木柱和下边垫着的那块石头。于是,他马上拿起一把斧子,把松柱的背后破开,得到了那把雄剑。从此,不论白天黑夜,赤都想方设法要找楚王报杀父之仇。

一天夜里，楚王梦见一个额头宽阔的孩子，对他说："我要报仇！"楚王醒来，十分不安，就悬赏千金捉拿在梦中见到的那个孩子。赤听到这个消息，赶紧逃进了深山。他一边走，一边悲声地唱，悲伤的歌声传遍了山谷。这时，迎面遇见一位山中的侠客，他惊奇地问："你小小年纪，为什么哭得这样悲哀呀？"赤回答说："我是干将、莫邪的儿子，楚王杀害了我的父亲，我要报仇！"侠客说："听说楚王正出千金重赏购买你的头，如果把你的头和这把宝剑给我，我就一定能替你报仇。"赤听说就毫不犹豫地回答："那太好了！"立刻拔出宝剑，割下了自己的脑袋，两手捧着头和宝剑，一齐递给这位侠客，他的身子却直挺挺地站着不倒。侠客说："我决不辜负你的期望！"赤的尸体这才倒在地上。

侠客带着赤的头去拜见楚王。楚王非常高兴。侠客说："大王，这是一颗勇士的头，应该把他放到大汤锅里去煮。"楚王觉得这话有理，就把赤的头扔进锅里去煮。三天三夜过去了，赤的头却煮不烂，反倒从汤锅里跳起来，横眉瞪眼，怒气冲天。侠客对楚王说："这小孩的头煮不烂，希望你亲自到汤锅旁边看他几眼，就一定会烂掉的。"楚王走到锅边来，伸长脖子去看锅里的人头。侠客乘机抽出雄剑，瞄准了楚王的脖子一砍，楚王的脑袋随着就掉进了滚开的锅里，接着，侠客也把剑对准自己的脖子一抹，头也掉进了锅里。锅内汤沸腾着，三颗头都煮烂了。分不出哪个是赤的头，哪个是楚王的头，哪个是侠客的头了，宫廷大臣们只好把这一锅肉酱分成三份埋葬了。所以，人们就把这座墓笼统地叫做"三王墓"。这座墓如今还存留在汝南郡北宜春县境内。

帮你读

　　这篇小说只有四百字左右,但结构完整,情节曲折,故事悲壮动人,好像翻滚的江水,波澜起伏。全篇以复仇为线索,展开了激烈的矛盾冲突。一边是统治者的凶暴和残酷,一边是人民的愤怒和反抗。干将不是一个逆来顺受的"顺民",虽然他被楚王杀死,但却保存了精良的武器,留下了复仇的火种。

　　赤继承了父亲的遗志,奋起反抗楚王的暴行。他是一个聪明的孩子,猜出了父亲留下的谜语,找到了宝剑。狠心的楚王要斩草除根,追捕赤,逼得他逃进了深山。为了使复仇的愿望得以实现,赤不惜献出自己的性命。他视死如归,表现了报仇雪恨的坚强意志。于是,复仇的任务就落在了那位侠客身上,矛盾冲突更向前发展。

　　这位陌生的侠客,路见不平,拔刀相助,对统治者不共戴天,对受害者毫无保留地援助。他斗争经验丰富,了解敌人的心理和弱点,投其所好,献上人头,取得楚王的信任,然后,又用计谋诱骗楚王到汤锅旁,"以剑拟王",继而又"自拟己头"。他代人行刺,具有自我牺牲的豪侠气概,这是多么英勇,多么壮烈啊!

　　干将,赤,侠客,他们不畏强暴,终于铲除了楚王。于是矛盾的冲突也达到了最高峰:这三个人物,实质上是人民群众的化身,表现了被压迫人民不惜抛头颅,洒热血,誓与统治者血战到底的英勇气概,体现了人民群众肝胆相照,团结战斗的伟大精神。

　　本文富有神话色彩,楚王的梦境;赤僵尸不倒;他的头在汤

魏晋南北朝小说

锅中三天三夜不烂，并跳出水面怒视楚王。这些情节都是离奇荒诞的。它出于作者的浪漫主义手法。这样来写，可以更充分地表现楚王虚弱的本质，反映遭迫害的人民复仇的强烈愿望和对统治者的刻骨仇恨。

吴王小女

晋·干宝

魏晋南北朝小说

吴王夫差小女①，名曰紫玉，年十八，才貌俱美②。童子韩重③，年十九，有道术④。女悦之⑤，私交信问⑥，许为之妻⑦。重学于齐、鲁之间⑧，临去，属其父母⑨，使求婚。王怒，不与女⑩。玉结气死⑪，葬闾门之外⑫。

　　三年重归，诘其父母⑬。父母曰："大王怒，女结气死，已葬矣。"重哭泣哀恸⑭，具牲币往吊于墓前⑮。玉魂从墓出，见重，流涕谓曰⑯："昔尔行之后⑰，令二亲从王相求⑱，度必克从大愿⑲。不图别后遭命⑳，奈何⑪？"玉乃左顾，宛颈而歌曰：

　　南山有鸟㉒，北山张罗。乌既高飞，罗将奈何？意欲从君，谗言孔多㉓。悲结生疾，没命黄垆㉔。命之不造，冤如之何㉕？羽族之长㉖，名为凤凰。一日失雄，三年感伤。虽有众鸟，不为匹双㉗。故见鄙姿㉘，逢君辉光。身远心近，何尝暂忘㉙！

　　歌毕，欷歔流涕㉚，不能自胜邀重还冢㉛。重曰："死生异路㉜，惧有尤愆㉝，不敢承命。"玉曰："死生异路，吾亦知之。然今一别，永无后期㉞，子将畏我为鬼而祸子之乎㉟？欲诚所奉㊱，宁不相信㊲？"重感其言，送之还冢。玉与之饮宴，留三日三夜，尽夫妇之礼。临出，取径寸明珠以送重㊳，曰："既毁其名㊴，又绝其愿㊵，复何言哉㊶！时节自爱。若至吾家，致敬大王㊷。"

　　重既出，遂诣王㊸，自说其事。王大怒曰："吾女既死，而重造讹言㊹，以玷秽亡灵㊺。此不过发冢取物㊻，托以鬼神。"趣收重㊼。重走脱，至玉墓所，诉之。玉曰："无忧，今归白王㊽。"

　　王妆梳，忽见玉，惊愕悲喜㊾，问曰："尔缘何生㊿？"玉跪而言曰："昔诸生韩重来求玉[51]，大王不许。玉名毁义绝[52]，自致身亡。重从远还，闻玉已死，故赍牲币，诣冢吊唁[53]。感其笃终[54]，辄与相见[55]，因以珠遗之[56]。不为发冢，愿勿推治[57]。"夫人闻之[58]，出而抱之，玉如烟然[59]。

选自《搜神记》

讲一讲

① 吴：我国历史上春秋时期的一个诸侯国。地域在今江苏南部和浙江北部，后来扩展到淮河流域。夫差：吴国的国君，名叫夫差。小女：最小的女儿。

② 才貌：才能和容貌。俱：都，全。美：好。

③ 童子：古时候，人们管没有结婚的男子叫"童子"。

④ 道术：道家的法术。

⑤ 悦：喜欢。

⑥ 私交：私下交往。信问：写信问候。信：魏晋时作"使者"解，"问"可以解释成"信"。

⑦ 许为之妻：答应做他的妻子。

⑧ 学于：在……求学。齐、鲁：春秋时期的两个诸侯国，都在现在的山东省境内。

⑨ 属（zhǔ）：通"嘱"。这句是说，嘱托他父母派人向吴王去求婚。

⑩ 与：给，这里是"嫁给"的意思。

⑪ 结气：心情有苦闷忧郁。

⑫ 阊（chāng）门：春秋时期吴国都城姑苏（现在的苏州市）的城门名。

⑬ 诘（jié）：追问。

⑭ 恸（tòng）：十分悲伤。

⑮ 牲：祭祀用的牛羊等家畜。具牲币：准备祭祀用的物品。吊：祭奠死去的人。

⑯ 涕：眼泪。

⑰ 昔：过去，往昔。尔：你。

⑱ 令：尊称。令二亲：您的双亲。从王：到父王那里去。相求：指求婚。

⑲ 度（duó）：猜度，估计。克从大愿：能够实现我们最美好的愿望。

⑳ 不图：没有想到。遭命：遭遇到悲惨的命运。

㉑ 奈何：怎么办。

㉒ 顾：回头看。

㉓ 宛颈：婉转屈伸扭动着脖子。颈，就是脖子。这是形容唱歌时的姿态。

㉔ 乌：乌鸦。紫玉把自己比做乌鸦。

㉕ 罗：捕鸟的网。

㉖ 以上四句的意思是：紫玉把自己比做乌鸦，把韩重比做网，说自己已经去世了，你回来也不管用了，落了个"空张罗"的后果。

㉗ 谗言：别人说的坏话。孔：很。

㉘ 悲结：悲愤郁结。疾：病。没命：死去。黄垆（lú）：黄土，黄泉，指埋葬死人的地方。

㉙ 命之不造：命运不好。冤如之何：有了冤屈又能怎么办呢？

㉚ 羽族：鸟类。长（zhǎng）：首领。

㉛ 匹双：配偶，就是夫妻。

㉜ 鄙姿：丑陋难看的容貌。这里是紫玉对自己的一种谦虚词语。

㉝ 逢：迎接。辉光：光辉的形象。

㉞ 何尝：何曾。暂忘：暂时忘记。全句是说，没有一时一刻忘记。

㉟ 歌毕：唱完了。欷歔（xī xū）：哽咽，抽噎。

㊱ 要（yāo）：就是"邀"，请。还（huán）：回。冢（zhǒng）：坟墓。

㊲ 异路：不同的道路。

㊳ 尤愆（qiān）：罪过，意外灾祸的意思。

㊴ 承命：奉命，接受。

㊵ 亦知之：也知道这个说法。然：可是。后期：再见面的机会。

㊶ 子：你。祸子：使你遭受苦难。

㊷ 欲诚所奉：我愿诚恳相待所应侍奉的人（指韩重）。

㊸ 宁（nìng）：难道。

㊹ 感其言：被她的话所感动。饮宴（yàn）：吃饭喝酒。宴，宴会，用饭酒招待客人。尽夫妇之礼：完成了夫妇之间的礼节。这里是指二人结婚。临出：临近出去时。径寸：直径一寸。以：来。

㊺ 毁其名：毁坏了我的名声。

㊻ 绝其愿：断绝了我的希望。

㊼ 复何言哉：还有什么话可说呢！

㊽ 时节自爱：每年节气变化时，自己要注意保重身体。至：到了。致敬：致以问候。

㊾ 遂：就。诣（yì）：到……去。

㊿ 讹（é）言：假话，谣言。

(51) 玷秽(diàn huì):污辱。亡灵:指已经死去的人,这里指紫玉。

(52) 发冢:挖坟。取物:取东西,这里指盗墓。

(53) 托以鬼神:假托鬼神的事。趣(cù):通“促”,催促,赶快。收:捕捉。

(54) 走脱:逃脱。诉之:诉说这件事。无忧:别担心。白:告诉。白王:向吴王说清楚。

(55) 愕(è):惊讶。

(56) 缘:因为。尔缘何生:你因为什么又活了呢?

(57) 诸生:指儒生,读书的学生。

(58) 名:名声。义:感情的联系。

(59) 从远还:从远方回来。赍(jī):带着。吊唁(yàn):追悼。

(60) 笃(dǔ):忠厚。笃终:感情真挚而始终不渝。

(61) 辄(zhé):就。

(62) 遗(wèi):赠送。

(63) 推治:追究治罪。

(64) 夫人:指吴王的妻子,紫玉的母亲。

(65) 如烟然:像一缕轻烟一样地消失了。

译过来

春秋时期,吴国国王夫差有个小女儿,名叫紫玉,已经十八岁了。她长得很漂亮,又很有才学。当时民间有个年轻人,名叫韩重,年纪十九岁,会道家的法术。紫玉爱上了他,偷偷地和他交往,还送信问候他,答应将来做他的妻子。韩重要到齐国、鲁国一带去学习。临走时,托付他的父母找媒人去向吴王求婚。吴王非常生气,坚决不把女儿许配给韩重。紫玉心情忧郁苦闷,不久就得病死去了。她被埋葬在姑苏城阊门的郊外。

三年以后,韩重回到家,追问他父母向吴王求婚的事。父母告诉他说:吴王非常恼怒,坚决不肯答应。紫玉生气得病死了,已经安葬了。

韩重听到这不幸的消息,悲痛得号啕大哭,立刻准备了祭品去紫玉的坟前悼念。这时,紫玉的魂灵从坟墓里走出来。她看见了韩重,就流下了眼泪,对他说:"那时你走后,托付你的双亲向父王求婚。我原本猜想一定可以实现我们结婚的愿望,没想到分别以后,竟遭到这样的不幸的命运,这可怎么办呢?"紫玉说完,向周围看了看,屈伸着脖颈,凄婉地唱起歌来:

南山乌鸦就是我,你在北山张网罗。

乌鸦已经高飞去,罗网空张怎奈何?

一心打算嫁给你,只因谗言非常多。

悲愁忧思得重病,黄泉地下把命丧。

自己命运太不好,这种冤屈无处说。

禽鸟族类谁为王,从来叫它是凤凰。

一朝失去雄伴侣,三年孤单多悲伤。

虽有鸟儿千千万,难找夫君配成双。

特地显现我容貌,正遇你的好容光。

我俩身远心相近,怎能一刻把你忘。

唱完这支歌,紫玉克制不住自己的感情,又抽抽咽咽地哭了起来。她邀请韩重一起回到坟里去。韩重说:"生者和死者是不

魏晋南北朝小说

能同路的,他们有不同的天地,我们俩在一起生活,恐怕是有罪过的,所以不敢答应你的邀请。"紫玉说:"死人和活人的道路是不一样,我也知道,可是今天我俩一分别,就永远不会有再见面的机会了,难道你还怕我是鬼会加害于你吗?我想奉献我的一片诚意,难道你还不相信吗?"韩重听了她的话很受感动,就送她回到坟里去。紫玉摆设酒宴款待韩重,留他住了三天三夜,成亲尽了夫妇的礼节。韩重临走的时候,紫玉又拿出一颗光彩夺目、直径一寸的大明珠送给韩重作纪念,并且说:"既然我的名声毁掉了,我的希望又断绝了,还有什么可说的呢!你自己要注意天气变化,保重身体吧!如果能到我家,见到我父王,请代我问候他。"

韩重走出来,拿着明珠,就到吴王那里去,述说了事情的经过。吴王听了大怒道:"我的女儿已经死了,你还造谣玷污她的魂灵!你这不过是挖坟盗墓,还假托什么鬼神怪事,这明珠一定是你偷的。"于是,他要叫人把韩重抓起来。韩重后来逃走了,就来到紫玉墓地告诉她这件事。紫玉说:"不用担心,现在我就回去向父王解释清楚。"

这一天,吴王正在梳理头发,忽然看见女儿来到面前。他很惊奇,又悲痛,又高兴,就问她说:"你怎么又活了?"紫玉跪在父王面前说:"以前那个书生韩重向我求婚,父王您不答应;我的名誉毁了,情义也断了,甚至生命也丧失了。最近,韩重从远方回来,听说我已经死了,就带着祭祀的物品到坟上去悼念。我被他的深厚情谊感动了,就和他见了面,还把明珠送给了他。这并不是他挖坟盗墓取得的,希望您不要再追究了。"吴王的夫人听见女儿说话,急忙出来把紫玉一把抱住,紫玉却像轻烟一样地飘散不见了。

帮你读

这是一个优秀的民间传说，写的是吴王夫差反对小女儿紫玉与青年韩重相爱，造成爱情悲剧的故事。

作者运用浪漫主义表现手法，让紫玉的魂灵与韩重结为夫妇，实现了他们生前没能实现的愿望，表现了旧时代青年对自由爱情的追求，和对封建婚姻制度的反抗。紫玉为情而死，为情而相会，为情而救韩重，爱情坚贞，至死不渝。我们仿佛看到了紫玉这个纯洁而美丽的少女的活生生的形象，对她悲愁而死寄予无限同情。

小说在艺术上还有一个特点，就是在散文的叙述中，插入诗歌，作为抒情的一个重要手段，增加了文学色彩。在志怪小说中，以本篇四言、二十句的诗歌为最长，最精彩。紫玉从墓中出来与韩重相见一段，诗歌写得哀婉动人，充分抒发了紫玉的真切感情。如："意欲从君，谗言孔多。悲结成疾，没命黄垆。命之不造，冤如之何？"真是感人肺腑。这几句诗正是对封建势力迫害自己的悲愤控诉。

诗歌和散文同时运用的这种艺术形式，对后世小说产生了很大影响，如唐传奇、明传奇等文言小说都采用了。白话小说的开头、结尾以及中间诗歌的穿插，也都属于这种韵文的形式。

魏晋南北朝小说

左　慈

晋·干宝

　　左慈①，字元放，庐江人也②。少有神通，尝在曹公座③，公笑顾众宾曰④："今日高会⑤，珍馐略备⑥，所少者，吴松江鲈鱼为脍⑦。"放曰："此易得耳。"因求铜盘贮水⑧，以竹竿饵钓于盘中⑨。须臾⑩，引一鲈鱼出⑪。公大拊掌⑫，会者皆惊⑬。公曰："一鱼不周坐客⑭，得两为佳⑮。"放乃复饵钓之。须臾，引出，皆三尺余，生鲜可爱⑯。公便自前脍之⑰，周赐座席⑱。

　　公曰："今既得鲈，恨无蜀中生姜耳⑲。"放曰："亦可得也⑳。"公恐其近道买，因曰："吾昔使人至蜀买锦㉑，可敕人告吾使㉒，使增市二端㉓。"人去，须臾还，得生姜。又云："于锦肆不见公使㉔，已敕增市二端。"后经岁余㉕，公使还，果增二端。问之，云："昔某月某日，见人于肆下，以公敕敕之㉖。"

　　后公出近郊，士人从者百数，放乃赍酒一罂㉗，脯一片㉘，手自倾罂，行酒百官，百官莫不醉饱。公怪，使寻其故㉙。行视沽酒家㉚，昨悉亡其酒脯矣㉛。公怒，阴欲杀放㉜。

　　放在公座，将收之㉝，却入壁中，霍然不见㉞。乃募取之㉟。或见于市㊱，欲捕之，而市人皆放同形㊲，莫知谁是。后人遇放于阳城山头㊳，因复逐之㊴。遂走入羊群。

公知不可得，乃令就羊中告之曰："曹公不复相杀，本试君术耳。今既验，但欲与相见④。"忽有一老羝㊷，屈前两膝，人立而言曰㊸："遽如许㊹？"人即云："此羊是。"竟往赶之㊺，而群羊数百，皆变为羝，并屈前膝，人立云："遽如许？"于是遂莫知所取焉㊻。

讲一讲

① 左慈：东汉末方士。

② 庐江：在今安徽省内。

③ 少有神通：年轻时就有神奇的本领。尝：曾经。曹公：就是曹操。座：座位，指做客。

④ 顾：回头看。众宾：许多客人。

⑤ 高会：高贵的盛会。

⑥ 珍馐：珍奇的食物。略备：稍微准备点儿。

⑦ 所少者：所缺少的。所……者，在古代汉语中常用，是"所……的"的意思。吴：指三国时期的吴国。松江，现在江苏省松江县。脍（kuài）：细切的肉鱼。

⑧ 放：元放，就是左慈。易得：容易办到。因：于是。求：寻求。贮（zhù）：积存，储藏。

⑨ 饵（ěr）：钓鱼的食物。

⑩ 须臾：一会儿。

⑪ 引：导引，这里指钓出。

⑫ 拊（fǔ）：拍。

⑬ 会者：参加宴会的人。

⑭ 周：周遍，遍及。

⑮ 佳：好。

⑯ 生鲜：活生生的鱼很新鲜。

⑰ 脍：这里做动词用，切割的意思。

⑱ 周：在这里是"四周"的意思。赐：赏赐。

⑲ 恨：遗憾。蜀：在今四川省内。

⑳ 亦可得也：也可以办到。

㉑ 近道：近处，附近。锦：有彩色花纹的丝织品。

㉒ 敕（chì）：命令。

㉓ 市：买。增市：增加购买的东西。端：古代计量单位。一端相当于现在的一丈六尺。

㉔ 锦肆：卖蜀锦的店铺。

㉕ 岁：一年。

㉖ 敕敕：第一个"敕"是名词，意思是"命令"；第二个"敕"是动词，意思是"告诉"。

㉗ 士人：官吏。从者：随从。百数：数以百计。赉（lài）：赏赐。罂（yīng）：一种腹大口小的陶制盛酒器具。

㉘ 脯（fǔ）：干肉。

㉙ 倾：倒。行酒：指挨个倒酒。莫：没有谁。醉饱：吃饱又喝醉。

㉚ 使寻其故：派人寻找它的缘故。

㉛ 行视：到各处去看。沽酒家：卖酒的店铺。

㉜ 悉亡：全部丢失。

㉝ 阴欲：暗中打算。

㉞ 收之：逮捕他。

㉟ 霍然：突然。

㊱ 募：广泛征求。

㊲ 或：有的人。市：街市。

㊳ 同形：同样的形状。这句是说，街上的人都长得和左慈一样。

㊴ 阳城山：在河南省登封县。

㊵ 逐：追赶。

㊶ 不可得：抓不到。就：到，走近。术：本领。验：验证。但：只。

㊷ 羝（dī）：公羊。

㊸ 人立：像人那样站立起来。

㊹ 遽（jù）：就。如许：像你答应的那样吗？

㊺ 竞往赶之：争着去捉它。

㊻ 莫知所取：不知道应该抓哪个。焉：语气词。

 译过来

左慈，字元放，是庐江地方的人。他年轻的时候就会各种奇妙的魔术。

左慈曾经应邀参加曹操举行的宴会。曹操看了看四周的宾客，笑着说："今天在这样高贵的盛会上，山珍海味的食物基本上准备齐全了，所缺少的就是用吴地松江的鲈鱼做的菜了。"左慈说："这太容易办到了。"于是，他就找来一个铜盘盛上水，又拿来一根钓鱼竿，装上鱼食，放在铜盘里。一会儿的工夫，就从盘中钓出一条大鲈鱼来。

曹操高兴得使劲拍手叫好，参加宴会的客人也都很惊奇。

曹操说："一条鱼不能够使所有在座的客人都吃到，要是能得到两条就好了。"左慈在鱼竿上添了一点鱼食，再去钓鱼。不一会儿，又钓上来一条鲈鱼。这两条鱼都有三尺多长，活蹦乱跳的，鲜灵可爱。曹操高兴极了，就亲自前去把鱼切成细丝，赏给在座的客人吃。

曹操又说："今天已经得到新鲜的鲈鱼，只可惜没有四川的生姜当佐料啊。"左慈说："这也可以办到。"曹操恐怕他在附近的地方买，就说："我前些天曾经派人到四川去买蜀锦，现在你可以命令买姜的人顺便告诉我的使臣，再让他给我多买两匹来。"

一会儿，左慈派去买姜的人回来了，得到了四川的生姜。那人还对曹操说："在四川卖蜀锦的店铺前，看到了您派出去的使者，已遵照您的吩咐，命令他再多买两匹。"后来过了一年多时间，曹操派出去的使臣从四川回来了，果真多买了两匹蜀锦。曹操问他怎么多买了两匹？那人说："去年某月某日，在四川一家蜀锦店里，我看见一个人，他把您的命令告诉了我。"

后来又有一次，曹操到郊外去，随从和官员有一百多人。左慈送上一瓦罐酒，一片干肉，并且亲手拿着瓦罐，给百官们倒酒喝，还把那片牛肉分给他们吃，这些人没有一个不是吃得很饱，喝得大醉的。曹操觉得这也太奇怪了，就派人去调查其中的缘故。调查的人到各个卖酒的店铺一查，才发现那些店铺的酒肉在昨天一下子都丢光了，曹操听了大怒，暗中打算要杀掉左慈。

有一天，左慈在曹操家的客座上，曹操刚要逮他，他就退到墙壁里，突然间就不见了。于是，曹操就到处征求能人捉拿左慈。有人看他在街市中，想要去逮他，可满街的人却统统变成了和左慈一模一样的人，不知道谁是真左慈。后来，又有人在河南阳城山的山顶上遇到了左慈，于是就又去追赶他。快要追上的时候，左慈就一下子跑进羊群中不见了。

曹操知道没法捉到左慈，就叫人走进羊群中大声宣告："曹操不会再杀害你了。他本来不过是试试你的本领罢了。现在曹操已经领教了先生的高超的本领，知道你的法术很灵验，只不过想请你出来和他见一面罢了。"这句话刚一说完，忽然羊群中有一只老公羊，弯曲着两条前腿，像人一样地站立起来说道："真的像您答应的那样吗？"这些人一见马上就喊："这只羊就是左慈！"大家便一窝蜂地扑过去，争先恐后地去捉他。可是，这儿有几百只羊，忽然间都变得和那只老公羊一样，而且一起曲着前腿，像人一样站立着，说："真像您答应的那样吗？"这样一来，那些人就不知道该捉哪一只好了。结果，曹操是怎么也捉不到这个神通广大的魔术师。

帮你读

志怪小说一般只说一件事，而本篇却围绕左慈这一中心人物写了几件事，并且都写得比较详细。左慈和曹操这两个人物形象的刻画比较鲜明。

左慈"少有神通"，开始，他在曹操的宴会上，在铜盘里接连钓出两条鲈鱼。然后，又变出蜀地的生姜。在郊外的野餐中，左慈只用一瓦罐酒，一片肉就醉饱了百官。曹操千方百计要杀他，左慈施用魔术多次挫败了曹操的企图。他忽儿躲入墙壁里，忽儿又登上山尖上；他既能使街市上的人变得和他同一个模样，又能混入羊群中，使人无法分辨，他神通广大，曹操对他毫无办法。

魏晋南北朝小说

　　曹操的性格狠毒奸诈，喜怒无常。刚才还对左慈钓鱼而"大拊掌"，不一会儿就为左慈买姜设置了障碍。没有多久，又"阴欲杀放"，反复无常，拿别人的性命当儿戏。

　　当左慈"走入羊群"后，曹操为了抓住他，心生一计，让手下的人对羊群说："曹公不复相杀，本试君术耳。今既验，但欲与相见。"果然有一只老公羊站了出来，曹操手下的人就一拥而上，要杀死它。通过这个情节，我们对曹操奸诈的性格就有了进一步的了解。

　　小说就是这样通过生动的细节描写，把两个人物刻画得栩栩如生。

魏晋南北朝小说

董 永

晋·干宝

　　汉董永,千乘人①。少偏孤②,与父居。肆力田亩③,鹿车载自随④。父亡,无以葬⑤,乃自卖为奴⑥,以供丧事⑦。主人知其贤⑧,与钱一万,遣之⑨。

永行三年丧毕⑩，欲还主人⑪，供其奴职⑫。道逢一妇人曰："愿为子妻⑬。"遂与之俱⑭。

主人谓永曰："以钱与君矣⑮。"永曰："蒙君之惠⑯，父丧收藏⑰。永虽小人⑱，必欲服勤致力⑲，以报厚德⑳。"主曰："妇人何能㉑？"永曰："能织。"主曰："必尔者㉒，但令君妇为我织缣百匹㉓。"

于是永妻为主人家织，十日而毕㉔。女出门，谓永曰："我，天之织女也㉕。缘君至孝㉖，天帝令我助君偿债耳㉗。"语毕，凌空而去㉘，不知所在㉙。

选自《搜神记》

讲一讲

① 千乘：地名，在今山东省博兴县附近。

② 少：小时候。偏孤：死去了母亲。

③ 与父居：和父亲生活在一起。肆力：尽力。田亩：田地。

④ 鹿车：古时候的一种小车。这句是说，董永让父亲坐在小车上，自己推着车。

⑤ 亡：死去。无以葬：没有钱来埋葬。

⑥ 自卖：自己把自己卖了。为奴：给人家当奴仆。

⑦ 以供丧事：用来作为供给丧事的费用。

⑧ 贤：善良，有道德有才能。

⑨ 遣之：打发他回家。

⑩ 行三年丧毕：按古时的礼节规定，父母死后要守三年丧，不能出远门。

⑪ 还主人：回到主人家里去。

⑫ 供：供奉。奴职：奴仆应该做的工作。

⑬ 道逢：路上遇见。为：做。子：你。

⑭ 遂与之俱：就和她一同回到主人家里。

⑮ 以钱与君矣：已经把钱给你了，意思是你怎么又回来了。

⑯ 蒙：敬辞，承蒙。惠：恩惠。

⑰ 收藏：埋葬。

⑱ 小人：地位低下的人。

⑲ 服勤：做勤苦的差事。致力：尽力。

⑳ 厚德：深厚的恩德。

㉑ 何能：有什么本领。

㉒ 必尔者：一定要这样做的话。尔：这样。

㉓ 但令：就叫。缣（jiān）：细绢。匹：古代的计量单位。

㉔ 毕：完。

㉕ 织女：我国民间传说，织女是天帝的女儿，善于纺织。

㉖ 缘：因为。至孝：最孝顺。

㉗ 偿：归还，补还。

㉘ 凌空：升到天空。

㉙ 所在：在什么地方。

 **译过来**

　　汉朝的时候，有个人名叫董永，是山东千乘地方的人。小时候就死了母亲，和父亲住在一块儿，董永每天都到田地里辛勤劳动。他又很孝顺，让父亲坐在小车上，自己推着车走。

　　后来，董永的父亲也死了，他没钱埋葬，就把自己卖给人家当奴仆,用卖身得来的钱埋葬父亲。买主见他善良,就给他一万个铜钱,叫他回去料理丧事,没有把他留下来当奴仆。

董永守完了三年孝,就打算回到主人的家里去当奴仆,做完应尽的劳役。走到半路上,他遇到了一位女子,这个女子对董永说:"我看你这个人非常忠诚老实,我愿意做你的妻子。"董永答应了,就带她一同回到了主人家。

这家主人看到董永回来了,就对他说:"我上次不是已经把钱给你了吗?你怎么又回来了?"董永回答说:"承蒙您的帮助,我已经顺利地办完了父亲的丧事。我董永虽然是一个微不足道的人,但可不能白花您的钱,我一定要勤恳地尽力干活,来报答您的深厚恩情。"

主人听完,就指着董永的妻子说:"你的妻子会做什么呢?"董永回答说:"她会纺织。"主人说:"你既然一定要在我这里工作,那就让你的妻子替我织一百匹细绢吧。"

于是,董永的妻子便开始在主人家里工作起来。她织得又快又好,只用十天工夫,就织成了一百匹细绢。当他们离开主人家,走出大门口时,妻子就对董永说:"我本是天上的织女。因为你是个很孝顺的人,天帝就特地派我到人间帮你还债。"话刚说完,她就腾空升起,一眨眼就不见了,谁也不知道她到哪里去了。

帮你读

这个故事描写了一个质朴的农民董永,他的勤劳、孝顺、忠厚感动了上天,天帝派织女来到人世与他结为夫妇,帮他做工还债。小说是通过一系列的行动来表现主人公董永的性格和为人。

董永是一个贫苦的青年，他的遭遇十分不幸，自幼就失去了母亲，从小就"肆力田亩"，整日在田里辛勤劳动。从这里，我们仿佛看见了董永在田野里，日晒雨淋尽力耕作的身影。

不幸的打击又一次降临在董永头上，父亲又因劳累死去。董永一无所有，为埋葬老人，尽自己的孝心，他"自卖为奴"。买主被他的孝心所感动，赠给他钱，帮他料理了丧事。

但是，质朴忠厚的董永并没有忘记帮助过自己的人。他认为不能白花人家的钱，所以在三年丧期满后，他就回到主人家，"供其奴职"，要做完自己应尽的劳役。这件事感动了上天，又得到了织女的爱。织女来到了人间，嫁给董永做了妻子。

董永是一个不怕吃苦的人，他在主人家里做事，一定要"服勤致力"。由于他和织女的辛勤劳动，完成了主人交给的活计，还清了欠债。

董永的性格特征正是通过"肆力田亩"、"自卖为奴"、"供其奴职"、"服勤致力"这几件事表现出来的。

董永的故事在民间流传很广，是后来戏曲、小说经常采用的题材，直到今天，许多地方戏中还保留着《十日缘》、《槐荫记》、《天仙配》等有关这个故事的剧目。

田螺仙女

晋·陶潜

晋安帝时①,侯官人谢端②,少丧父母,无有亲属,为邻人所养。至年十七八,恭谨自守③,不履非法④。始出居⑤,未有妻,邻人共愍念之⑥,规为娶妇⑦,未得。

端夜卧早起，躬耕力作⑧，不舍昼夜⑨。后于邑下得一大螺⑩，如三升壶⑪。以为异物⑫，取以归，贮瓮中⑬，畜之十数日⑭。

端每早至野还，见其户中有饭饮汤火⑮，如有人为者。端谓邻人为之惠也⑯。数日如此，便往谢邻人。邻人曰："吾初不为是⑰，何见谢也⑱？"端又以邻人不喻其意⑲，然数尔如此⑳，后更实问㉑。邻人笑曰："卿已自娶妇㉒，密著室中炊爨㉓，而言吾为之炊耶？"端默然心疑，不知其故㉔。

后以鸡鸣出去，平早潜归㉕，于篱外窃窥其家中㉖，见一少女从瓮中出，至灶下燃火。端便入门，径至瓮所视螺㉗，但见壳，乃到灶下，问之曰："新妇从何处来，而相为炊㉘？"女大惶惑㉙，欲还瓮中，不能得去，答曰："我天汉中白水素女也㉚。天帝哀卿少孤，恭慎自守㉛，故使我权为守舍炊烹㉜。十年之中，使卿居富得妇㉝，自当还去。而卿无故窃相窥掩㉞，吾形已见，不宜复留，当相委去㉟。虽然㊱，尔后自当少差㊲。勤于田作㊳，渔采治生㊴。留此壳去，以贮米谷，常可不乏㊵。"端请留，终不肯。时天忽风雨，翕然而去㊶。

端为立神座，时节祭祀㊷。居常饶足㊸，大致不富耳㊹。于是乡人以女妻之㊺。后仕至令长云㊻。今道中素女祠是也㊼。

选自《搜神后记》

陶潜（365～427）：即陶渊明，字元亮，浔阳柴桑（今江西省九江市附近）人。他是东晋末年著名的诗人，也是我国古代最杰出的伟大诗人之一。《搜神后记》是一部志怪小说集，共十卷，关于书的作者,过去认为是陶潜,现在有人认为是后代人假托陶潜的名所作。我们在这里仍把它列在陶潜名下。

① 晋安帝:东晋末年的皇帝,姓司马,名德宗。

② 侯官:地名,在现在的福建省福州市闽侯县。

③ 为邻人所养:被邻居抚养。恭谨自守:恭敬小心,严格约束自己。

④ 履:做。不履非法:不做不合法的事。

⑤ 出居:离开邻居家,自己另住单过。

⑥ 愍(mǐn)念:哀怜和惦记。共:都。

⑦ 规:打算,谋划。

⑧ 躬耕力作:亲自耕田,尽力干活。

⑨ 舍:放弃。

⑩ 邑(yì):县城。螺:田螺,软体动物,身体外面包着硬壳。

⑪ 三升壶:装三升水的大壶。

⑫ 以为:认为。异物:稀奇的东西。

⑬ 贮(zhù):储存。瓮(wèng):一种盛水的陶器。

⑭ 畜(xù)之:养着田螺。

⑮ 野:野外。饭饮:吃的喝的东西。汤:热水。

⑯ 为之惠:为他做这些好事。

⑰ 往谢:前去感谢。初不:从来没有。是:这件事。

⑱ 何见谢也:为什么被感谢呢?见:被。

⑲ 喻:了解,明白。不喻其意:不让人知道他的好意。指邻人帮助谢端而不愿意让谢端知道。

⑳ 然:可是。数尔:不止一次。

㉑ 更:另外,再。实:诚恳。

㉒ 卿：古时候对人亲切的称呼。

㉓ 著(zhuó)：留在。炊爨(cuàn)：烧火做饭。

㉔ 默然：沉默不语的样子。其故：其中的缘故。

㉕ 平旦：天刚亮。潜：偷偷地。

㉖ 窥(kuī)：偷看。

㉗ 径至：一直到。瓮所：放瓮的地方。

㉘ 相：帮助。

㉙ 惶惑：惊慌失措。

㉚ 天汉：天河，就是银河。素女：古代的神女。

㉛ 哀：怜悯。少孤：幼年死去父母。恭慎自守：谦逊有礼貌，做事谨慎小心，能严格约束自己。

㉜ 权：暂且。守舍：看守房子。炊烹(pēng)：做饭烧菜。

㉝ 居：积蓄。得妇：娶得妻子。

㉞ 掩：乘其不备。

㉟ 吾形已见：我的真实形状已经暴露。不宜复留：不适合再留在这儿。委去：舍弃你离开这里。

㊱ 虽然：虽然如此，但是……。

㊲ 尔后：从这以后。少差：稍好一些。

㊳ 田作：耕作。

㊴ 渔采治生：捕鱼砍柴，治理生计。

㊵ 不乏：不缺少。

㊶ 翕：一张一合，聚合的意思。翕(xī)然：形容飞快的样子。

㊷ 神座：神仙的座位，这里指塑像。时节：逢年过节。

㊸ 居常：平时过日子。饶足：富裕。

㊹ 耳：语气词，罢了。

㊺ 妻之:嫁给他做妻子。

㊻ 仕:做官。令:县官。云:助词,无实际意义。

㊼ 祠:祠堂,祭祀祖先或神仙的地方。

译过来

东晋安帝的时候,侯官地方有一个青年人叫谢端。他幼年时,父母都死了,又没有亲属。邻居见他孤苦伶仃,就收养了他。谢端长到十七八岁的年纪,平日非常规矩小心,从不做不正当的事。他觉得不能再靠别人了,就从邻居家里搬了出来,自己生活,可是一直没有娶到妻子。邻居们见他这样要强,都很同情他,惦念他,大家打算替他娶个媳妇,但始终没有办成。

谢端每天一清早就下地干活,直到天黑才回家,辛勤耕作,从不放松早晚一点时间。后来有一天,他在城墙下面捡到了一只大田螺,好像能装三升水的壶那么大。他认为这是个稀奇的东西,就把他带回家去,储存在大坛子中,一直喂养了十几天。

谢端每天早晨仍然到田间去劳动,当他傍晚回家的时候,看见自己家里有饭菜、开水,像是有人在为他做这些事情。谢端认为,可能是邻居帮助自己做的这些好事。一连几天都是这样,他就到邻居家去表示感谢。邻居惊讶地说:"我们从来没有给你做过饭菜呀!为什么要被感谢呢?"谢端还当是邻居们不愿意让别人知道他们的好意,才这样说的呢。然而,这种情况还是不断地出现,谢端实在过意不去,又到邻居家诚心诚意地去问。邻居笑着说:"你自己已经娶了妻子,把她藏在家里,替你烧水做饭,又故意推说是我们替你做的吧?"谢端听了没有作声,但心里感到很奇怪,不知道这里面究竟是什么缘故。

第二天,鸡刚叫,谢端就出门干活去了,天刚亮,他又偷偷地跑回来,躲在篱笆外面,偷偷地向家里张望。忽然,他看见一个美丽的少女从坛子里走出来,走到灶下生起火来了,谢端马上走进房门,直接到了放坛子的地方,看看里面的田螺,只见田螺剩下了一个空壳,于是他又赶到炉灶边,对着那个少女说:"请问这位大姐是从哪里来的?为什么帮助我做菜做饭?"少女给吓了一跳,惊慌失措,急忙转过身,想回到坛子里。但谢端挡住了她的去路,她回不去了,只得回答说:"我本是天上银河中的白水素女,天帝可怜你从小没了父母,孤苦伶仃,又看你为人正直慎重,严格约束自己,所以派我来暂时帮助你看家做饭。这样不出十年,你就可以积蓄一些财富,还可以娶到一个妻子,到那时候,我自然是要回到天上去的。可是你怎么乘人不备,无故偷看我呢?如今,我的真相已经暴露了,不适合留在这里了,只好舍弃你离开这里。我虽然走了,可你往后的日子会逐渐好起来的。希望你仍然努力耕田,打柴,捕鱼去维持生活,管理好家业,现在,我把这个田螺壳留下来给你盛粮食用,它始终会装得满满的,从此你常年不会缺吃的了。"谢端听完,便苦苦地挽留她,姑娘始终没有答应。这时,天空忽然起了一阵风,接着又下了一阵雨,她就在这风雨中升空飞去了。

谢端为了纪念她,就塑了一座田螺姑娘的神像,逢年过节都按时祭祀她。谢端的日子过得很富裕,只不过没有成为大富翁而已。于是,乡里有人把女儿嫁给了他。后来,他还做了官,当了县长,直到今天,在那里还可以看到白水素女的祠堂。

这是一篇美丽动人的神话故事,写天河白水素女帮助穷苦青年谢端获得幸福的事。

小说是以谢端的婚事为线索展开故事的。小说先写谢端的为人:刻苦耐劳,老实守规矩。乡亲们准备给他"娶妇"。这里特别点出"未得"二字来引出下文。接着,写谢端捡到了一个大田螺,"以为异物",这"异物"二字是点睛之笔,为下文的神奇故事设下埋伏。接下去当然可以写素女走出田螺,烧火做饭。这样写虽然顺当,却是笨法儿,因为如果再写谢端怎样看破机关,便没什么意思了。作者采取的是另一种写法,就是写谢端与邻居的误会,这是作者精心设计的,目的在于烘托出一种神秘感。下面白水素女终于出场了,但又不肯最后留下来,而以"勤于田作,渔采治生"相劝,真是意味深长。

后来谢端的婚事究竟如何呢?故事结尾作了简单的交代:"乡人以女妻之",与开头"未得"遥相呼应,使文章紧密完整,小说的线索单纯而情节曲折,谢端的忠厚老实,白水素女的善良热情都写得很生动,特别是素女的形象十分优美动人,带有浓重的民间传说色彩。

小说歌颂了劳动人民勤劳朴实的美德,表达了他们对美好生活的憧憬。也反映了他们的一种朴素的想法:辛勤劳动的人应该能过上幸福的生活。

这个故事,千百年来广为流传,在民间又称《田螺姑娘》,唐传奇中的《吴堪》就是受本文影响而产生的。

义犬救主

晋·陶潜

晋太和中①,广陵人杨生②,养一狗,甚爱怜之③,行止与俱④。后生饮酒醉,行大泽草中⑤,眠,不能动。时方冬月燎原⑥,风势极盛。狗乃周章号唤⑦,生醉不觉。前有一坑水,狗便走往水中⑧,还⑨,以身洒生左右草上。如此数次,周旋践步⑩,草皆沾湿。火至,免焚⑪。生醒,方见之。

尔后⑫,生因暗行⑬,堕于空井中⑭,狗呻吟彻晓⑮。有人经过,怪此狗向井号⑯,往视,见生。生曰:"君可出我⑰,当有厚报。"人曰:"以此狗见与⑱,便当相出⑲。"生曰:"此狗曾活我已死⑳,不得相与㉑,余即无惜㉒。"人曰:"若尔㉓,便不相出。"狗因下头目井㉔,生知其意,乃语路人云㉕:"以狗相与。"人即出之㉖,系之而去㉗。却后五日㉘,狗夜走归㉙。

选自《搜神后记》

讲一讲

① 太和:东晋废帝司马奕(yì)的年号。

② 广陵:地名,在今江苏省扬州市。

③ 甚：很，特别。爱怜：爱惜、宠爱。

④ 行止与俱：出外或在家都和它在一起。

⑤ 泽：低洼的水草地。

⑥ 眠：睡觉。时方：这时正当。燎原：放火焚烧野草。

⑦ 周章号唤：转着圈子大声地吼叫。

⑧ 走：跑。

⑨ 还（xuán）：通"旋"，轻快敏捷的样子，指很快地转回来。

⑩ 周旋跬（kuǐ）步：在杨生周围一步宽的地方旋转着跑。跬步：古人把左右脚各迈一步称做步，跬是半步，相当于现在说的一步。

⑪ 免焚：没有被烧着。

⑫ 尔后：以后。

⑬ 暗行：夜里没有光亮的时候走路。

⑭ 堕（duò）：掉下来。空井：干井。

⑮ 呻吟：嚎叫。彻晓：通宵直到天明。

⑯ 怪：惊奇。

⑰ 往视：前去察看。君：指过路人。出我：帮助我出来。

⑱ 厚报：厚重的报答。见与：给我。

⑲ 相：帮助。

⑳ 活我已死：从死亡中救活了我。

㉑ 相与：送给你。

㉒ 余：指除狗以外的一切东西。即无惜：就没有舍不得的了。

㉓ 若尔：如果是这样。

㉔ 下头目井：狗伸下头去望着井底下。目：用眼睛看。

㉕ 语:告诉。

㉖ 之:指杨生。

㉗ 系(jì)之:用绳子拴上狗。

㉘ 却后:过后。

㉙ 夜走归:晚上跑了回来。

译过来

　　东晋太和年间,广陵地方有一个叫杨生的人养了一条狗。杨生非常喜爱它,出来进去总和它在一起,无论走到哪里都要带着它。

　　后来有一回,杨生在外面喝醉了酒,走到一片低洼的水草地中的时候,就醉倒在野外的草丛中,不能动。这时正是冬天,刚好遇上郊外焚烧野草,风势又来得特别猛烈,熊熊的大火很快就燃烧起来了。这条狗看见了,就嚎叫着,围着杨生转着圈地跑,想叫醒他,但是,杨生醉得像一摊泥,什么也不知道。

　　杨生躺着的前面,有一个水坑。这条狗就跳入水中,把全身的毛都浸湿了,然后猛奔回杨生身边,把身上的水洒在杨生周围的草地上。这样来回奔跑许多次,杨生身边四周一步宽的茅草都被它淋湿了。野火烧过来了,才没有烧着他。杨生醒来,看到这种情形,这才知道是狗救了自己的性命。

　　在这以后,有一回杨生在夜里走路,因不小心掉进了一个枯井中,这条狗守在井边,"汪汪汪"一直叫到天亮。有一个人打这儿经过,看到这条狗围着井边嚎叫,觉得很奇怪,就走到井边往下看,这才发现了杨生。杨生说:"请您救我出来,我一定重重地

报答您!"过路人答道:"我可以救你出来,但是,你得把这条狗送给我。"杨生就说:"这条狗曾经救过我的命,万万不能送给你,除了这条狗之外,随便你要什么,我都愿意送给你,绝不吝惜!"过路人说:"如果是这样,我就不救你出来了。"这时狗把头伸下井口,用眼睛望着主人,杨生立刻明白了它的意思,就对过路人说:"就把这只狗送给你吧。"过路人这才把杨生救了出来。用一根绳子把狗拴上,牵着它走了。

五天以后的一个晚上,这只狗悄悄地逃出来,它又回到了杨生身边。

帮你读

这个民间故事描写了一只义犬,它忠实自己的主人,能应付各种错综复杂的情况,两次解救了杨生的性命。作者抓住了义犬聪明机警的特点,通过它的动作写出了它对人的深厚感情,把义犬描写得活灵活现,十分可爱。

当杨生醉卧在野外草地的时候,正赶上郊外焚烧野草,风助火势,立时烈焰燃遍了原野,而杨生却醉不醒,后果可想而知。在这千钧一发的时候,义犬"周章号唤",想惊醒主人赶快离开这里,可是,杨生一点知觉都没有。

义犬发现前面有一个水坑,马上就有了救助的办法,它"走往水中",用身上的水珠"洒"在杨生周围一步宽的地方,"周旋跬步",形成一条安全带,使大火无法靠近,保全了主人的生命。你看,义犬的办法是多么高明啊。

作者用义犬的"号"、"走"、"洒"、"旋"四个动作,就写出了它

魏晋南北朝小说

在患难之中，不顾自己的安危，勇敢帮助主人解除危难的非凡举动和生动神态。

还有一次，杨生黑夜走路不慎落入枯井，义犬就守护在井旁，彻夜地"呻吟"，终于使路人发现了杨生。但过路人提出要以牵走义犬作为救助他的条件，杨生断然拒绝了。义犬深通人意，为了解救杨生，它"下头目井"，用眼神示意杨生：答应他的条件，我自有办法。义犬用自己的身体换来了主人的得救。可是五天以后，义犬"夜走归"，又回到了主人身边。义犬的通灵、聪敏与机智真是表现得活灵活现。

在旧社会，"各人自扫门前雪，哪管他人瓦上霜"是普遍现象，过路人见死不救就说明了这一点。这个故事在人情淡薄的封建社会里，提倡人们要互相帮助，是有着积极意义的。

赵夫人三绝

晋·王嘉

　　吴主赵夫人①，丞相赵达之妹。善画，巧妙无双，能于指间以彩丝织云霞龙蛇之锦②，大则盈尺③，小则方寸，宫中谓之"机绝"④。

孙权常叹魏、蜀未夷⑤，军旅之隙⑥，思得善画者使图山川地势军阵之像⑦。达乃进其妹⑧。权使写九州方岳之势⑨。夫人曰："丹青之色⑩，甚易歇灭⑪，不可久宝⑫。妾能刺绣⑬，作列国方帛之上⑭，写以五岳、河海、城邑、行阵之形⑮。"既成，乃进于吴主，时人谓之"针绝"⑯。虽棘刺木猴、云梯、飞鸢⑰，无过此丽也。

权居昭阳宫，倦暑⑱，乃褰紫绡之帷⑲。夫人曰："此不足贵也。"权使夫人指其意思焉⑳。答曰："妾欲穷虑尽思㉑，能使下绡帷而清风自入，视外无有蔽碍㉒，列侍者飘然自凉㉓，若驭风而行也㉔。"权称善㉕。夫人乃析发㉖，以神胶续之㉗。神胶出郁夷国。接弓弩之断弦㉘，百断百续也。乃织为罗縠㉙，累月而成㉚，裁为幔㉛，内外视之，飘飘如烟气轻动，而房内自凉。时权常在军旅，每以此幔自随㉝，以为征幕㉞，舒之则广纵一丈㉟，卷之则可纳于枕中㊱，时人谓之"丝绝"㊲。

故吴有"三绝"，四海无俦其妙㊳。后有贪宠求媚者㊴，言夫人幻耀于人主㊵，因而致退黜㊶。虽见疑坠㊷，犹存录其巧工㊸。吴亡，不知所在。

选自《拾遗记》

讲一讲

王嘉：字子年，十六国时前秦陇西安阳（今甘肃省渭源县）人，生卒年不详。《拾遗记》是他编写的一部志怪小说集，共十卷。

① 吴主：三国时候，东吴的国君孙权。

② 无双：没有人能和她并列。锦：指绸缎一类的丝织品。

③ 盈：满。

④ 方寸：一寸见方。谓之：叫它是。机绝：织机绝作。

⑤ 夷：平定。

⑥ 军旅：行军用兵。隙：空闲。

⑦ 思：想。使图：描画。

⑧ 达：指赵达。进：推荐。

⑨ 写：这里指绘画。九州：古代把天下划分成九州。方岳：指五岳，东岳泰山、西岳华山、南岳衡山、北岳恒山、中岳嵩山。

⑩ 丹青：指两种可以做颜料的矿物。

⑪ 甚易：很容易。歇灭：模糊消失。

⑫ 宝：珍藏。

⑬ 妾：赵夫人自称。

⑭ 列国：各国。帛：丝绸。

⑮ 行阵：打仗的阵势。形：形状。邑（yì）：城镇。

⑯ 既成：做成。乃进于：就奉献给。时人：当时的人。针绝：刺绣的绝作。

⑰ 棘刺木猴：《韩非子·外储》记载，有一个人能在棘刺的顶端雕刻出猴子。云梯：《墨子·公输》记载，公输盘造出了攻城用的长梯。飞鸢（xuān）：《韩非子·外储》记载，墨子造的木鹰，能飞一整天。

⑱ 权：孙权。昭阳宫：宫殿名。倦暑：暑热天很疲倦。

⑲ 褰（qiān）：揭起。绡：生丝织的纱。帷：围幕。

⑳ 此不足贵也：这不算贵重。指：说明。焉：句尾语气词。

㉑ 穷虑尽思：用尽脑子认真考虑。

㉒ 下绡帷而清风自入：放下帷幕而风能自己进来。视外：看

外面。蔽碍:遮挡。

㉓ 列侍者:站立旁边侍候的人。飘然:飘摇的样子。

㉔ 若:好像。驭风:驾着风。

㉕ 称善:表示赞同。

㉖ 析:剖开。

㉗ 续:连接。

㉘ 弩:带机关的弓。

㉙ 百断百续:多次断开又多次接上。

㉚ 乃:于是。罗縠(hú):一种丝织品,有皱纹,很薄。

㉛ 累:积累。

㉜ 幔:帐幔。

㉝ 每:经常。自随:随身带着。

㉞ 征幕:行军时用的帐幕。

㉟ 舒:展开。纵:指长度。

㊱ 纳:收进。

㊲ 丝绝:丝织品的绝作。

㊳ 俦(chóu):同伴。无俦其妙:没有一个人和赵夫人的巧妙工艺相等。

㊴ 贪宠求媚:贪求吴王的宠爱,讨好孙权。

㊵ 幻耀:惑乱,夸耀。人主:君主。

㊶ 退黜(chù):贬退,废黜。指不再信任或喜爱了。

㊷ 虽见疑坠:虽然被猜疑陷害。

㊸ 存录:留存。巧工:精巧的作品。

译过来

　　三国时期吴国君主孙权的夫人，是宰相赵达的妹妹，赵夫人擅长绘画，手艺工巧，举世无双，能够以手指用彩色的丝线编织成云霞龙蛇各种花纹的绸缎，大幅的整整一尺，小的只有一寸见方。王官里的人都赞叹它是"织机绝作"。

　　在赵夫人还没有嫁给孙权的时候，孙权常常叹息没能征服平定魏、蜀两国。有一次，在行军作战的空闲时间，孙权想找一个善画的人，把山川地理的形状和军队列阵的样子画出来。丞相赵达听到了，就推荐了自己的妹妹来画。孙权就叫她画出全国的山岳江湖地形图。赵夫人说："用丹青等颜料画出来的颜色很容易褪色模糊，不能长期珍藏。我会刺绣，可以在一块丝绸上绣出各国的地图，还可以绣出五大名山，江河湖海，都市城镇，和军队阵势等图像。"赵夫人绣完了以后，就把它奉献给孙权，当时的人们称赞这是"刺绣绝作"。虽然古时候有人能在棘刺上刻出猴子，可以制出机巧的云梯，造出会飞的木鹰，但是，都比不过赵夫人的刺绣美丽妙绝，技艺高超。

　　孙权在昭阳宫里休息。觉得很闷热疲倦，就掀开紫纱帐透透风，并对赵夫人夸耀这种纱帐的名贵。赵夫人说："这不算是名贵的。"孙权问夫人这话是什么意思，赵夫人回答说："我正在穷思苦想，设计一顶幔帐，要能使幔帐放下以后，清风仍然可以从外面吹进来。从里往外看，又没有一点遮挡的感觉，站在帐旁边侍候的人也感到凉快，清风习习，就好像在驾着风行动似的。"孙权对夫人的设想十分赞赏。

赵夫人于是就把自己的头发剖为几丝，再用一种神胶连接起来。这种胶出产在郁夷国，用来接弓弩的断弦，断多少根就能接上多少根，非常灵验。赵夫人就用神胶接成的头发织成极薄的纱罗，织了几个月才织成，再裁制成一顶幔帐。挂上它，无论从里面看，还是从外面看，飘飘忽忽地就像烟气在浮动，房子里自然就凉快了。那时，孙权常常带兵行军打仗，无论走到哪儿，总是把这顶帐幔随身带着，当做行军用的帐幕。这种纱帐打开来竟有一丈宽，卷起来却可以塞在枕头里面，当时的人都称它是"丝绸绝作"。

自从吴国有了这"三绝"，天下没有任何东西能比它更精妙。后来，有些阿谀献媚的人讨好孙权，向他进谗言，说赵夫人用奇技机巧来惑乱君主。孙权听信了谗言，于是就把赵夫人废黜了。虽然赵夫人遭受到猜疑陷害，但她的巧妙工艺却留存了下来。吴国灭亡以后，这三样珍宝，也就不知道流落到什么地方了。

帮你读

这篇文章不重在描写赵夫人容貌的美丽，而是描写赵夫人的才艺，特别是她那神奇的手工艺。那么，作品是通过什么来说明赵夫人的"三绝"呢？

首先，文章运用具体数字来说明"机绝"。赵夫人用彩色丝线织成的绸缎，最大的"盈尺"，最小的只有"方寸"，在这样狭小的地方，竟能织成云霞龙蛇等图案，怎能不让人叫绝呢？这两个数字确实说明了赵夫人的"机绝"是无人可比的。

紧接着，文章又通过比较的方法来说明赵夫人的"针绝"。

赵夫人刺绣的全国山岳江湖的地形图，究竟好到什么程度呢？"虽棘刺木猴、云梯、飞鸢，无过此丽也。"棘刺木猴、飞鸢都出自《韩非子·外储》，书中说有一个技巧很高的人能在棘刺的顶端雕刻成猴子，还说墨子用木头能做出会飞的鹰。"云梯"出自《墨子·公输》，书中说古代木匠的祖师鲁班能造出攻城的长梯。以上这三样东西都是以创造的工巧而在古代著称，是当时人们熟知的，所以作者拿来与赵夫人"针绝"相比较，它们都不如赵夫人刺绣的手艺高超。

最后，作者借助比喻来说明"丝绝"。赵夫人制作的幔"内外视之，飘飘如烟气轻动"，这个比喻具体而生动。说明幔帐特别轻、薄，达到了她预想的那样，即使放下幔帐也能叫清风自己吹进来，就是"列侍者飘然自凉，若驭风而行也"。连旁边侍候的人也凉快得像驾着风在走动似的。这些比喻浅显易懂，能启发读者的想像，使人对"三绝"有了真切的体会。

可以说赵夫人的"三绝"是绝妙无双的，它代表了当时手工艺的最高水平。从这里我们看到了我国古代劳动人民的智慧和创造才能。

神 李

晋·葛洪

南顿人张助者①，耕白田②，有一李栽，应在耕次③，助惜之，欲持归，乃掘取之④，未得即去⑤，以湿土封其根⑥，以置空桑中⑦，遂忘取之。

助后作远职⑧，不在。后其里中人⑨，见桑中忽生李，谓之神。有病目痛者⑩，荫息此桑下⑪，因祝之⑫，言："李君能令我目愈者⑬，谢以一豚⑭。"其目偶愈，便杀豚祭之。传者过差⑮，便言此树能令盲者得见⑯。远近翕然⑰，同来请福⑱，常车马填溢⑲，酒肉滂沱⑳，如此数年。

张助罢职来还㉑，见之，乃曰："此是我昔所置李栽耳，何有神乎?"乃斫去㉒，便止也㉓。

选自《抱朴子》

讲一讲

葛洪（283～363）：字稚川，自号抱朴子，丹阳句容（今江苏省句容县）人。他是东晋时的道教理论家，医学家，炼丹术家。他撰写的《抱朴子》一书，内篇有二十卷，讲的是神仙、鬼怪、炼丹的事;外篇有五十卷,是评论时事、人物的文章。

① 南顿:地名,在今河南项城县西。

② 白田:没有耕种的荒地。

③ 李:李树。栽:幼小的树苗。应在耕次:正在耕田的范围之内。应:对应。耕次:犁道。

④ 惜之:怜惜它。欲持归:想把它拿回来。乃:于是,就。掘:挖。

⑤ 即:立即,马上。这句是说,不能马上回家。

⑥ 封:用土包住,封合。

⑦ 置:安放。空桑:桑树主干内腐烂空。

⑧ 作:担任。远职:到远方任职。

⑨ 里中人:同乡人。

⑩ 病:这里作动词是"生病"的意思。

⑪ 荫(yīn):作动词用,是"乘凉"的意思。荫息:乘凉休息。

⑫ 祝:祝愿、祷告。

⑬ 李君:指李子树。愈:病好了。

⑭ 豚(tún):小猪,也泛指猪。

⑮ 偶:偶然,碰巧。过差:出了差错。传者过差:传说的人说走了样子。

⑯ 盲者得见:瞎了眼睛的人重新见到光明。

⑰ 远近:指的是远处和近处的人。翕(xī)然:聚合在一起。

⑱ 请福:请求神李赐给幸福。

⑲ 溢:满。填溢:充塞得满满的样子。

⑳ 滂沱(páng tuó):本来是形容雨水很大的样子。在这里形容酒肉多极了,摆满了树的周围。

魏晋南北朝小说

㉑ 罢职：结束了工作。来还：回到了家里。

㉒ 此是我昔所置李栽耳：这是我过去放的李树苗啊。何有神乎：有什么神异。斫（zhuó）：用刀斧砍。

㉓ 便止也：就制止了这件事。

译过来

　　南顿有个叫张助的人，耕种一块荒田。地里有一棵李树苗，正长在应当犁地的地方。张助觉得把树苗砍掉太可惜了，想移回家去栽种，就把李树苗挖出来了。因为不能马上离开这里，就随手用一团湿土包住了树苗的根，把它暂时放在一棵主干已经朽空的桑树洞里。可是过后又忘记把树苗带走了。

　　张助后来到远处去做事，不在家。有一天，他同村的人偶然发现桑树洞里长出了一棵李树来，觉得很奇怪，就把它叫做"神"。有个害眼病的人在桑树下休息，就对着在树洞里长出的李树祷告起来，他说："神李如果能让我的眼病好转，我一定用一头猪来谢你。"后来，碰巧这个人的眼病自己好了，他就真的宰了一头猪来祭李树。

　　这个消息传开以后，就走了样儿，说这神李能叫盲人重见光明。远处和近处的人前来祈求幸福。随着而来的车马常常拥挤不堪。这些人带来的祭神的肉遍地都是，酒多得如同滂沱大雨后的流水一般。像这样的情景，连续了几年。

　　过了好些年以后，张助结束了在远处的工作，回到家里。当他看到李树下这处祭神的盛况时，就说："这是我原先放在这儿的李树苗啊，哪有什么神灵呢！"于是就砍去了那棵李树。从那以后,这样的迷信活动也就停止了。

帮你读

这是一个典型的破除迷信的故事。它讽刺了某些头脑中有封建迷信思想的人们的愚昧无知。作品的情节安排相当巧妙,很有一些特点。

故事发生之前,作者先交代了张助用湿土包好李树苗,放在桑树洞里的事。因为这是发生下面事件的客观依据。"遂忘取之",强调这是随意放的,是暂时搁在那里的,只是由于"忘取",李树苗才遗留在树洞里,这样才显得后来鬼神迷信活动的荒唐可笑。

在日常生活中,我们有时也患头疼脑热的一些小病,还没等打针吃药就好了。那个患眼病的人也可能得了个小毛病,他回家很好地休息了几天,病就慢慢地好了。在有病期间,他曾在李树下休息过。这本来是个偶然现象,可是这个人偏偏把它看成是在李树下求神保佑的结果,还杀了一头猪来感谢神李治好他的病。于是,从他开始掀起了一个祭神的浪潮。

作者极力地夸张渲染求神的众多:"车马填溢,酒肉滂沱",使人感到十分滑稽可笑。故事结尾以张助返回家乡,"斫去"李树来结束这场闹剧,形成了对鬼神迷信活动的辛辣嘲讽。桑树洞中长李树,这场迷雾是张助造成的,最后仍然通过他的手来消除。这样写就顺理成章,增强了说服力,使小说具有强烈的反封建迷信的意义。

这个故事生动地描绘了一个迷信与反迷信事件的全过程。

魏晋南北朝小说

它告诉我们,所谓"神"不过是人造的。人们迷信,是由于愚昧无知,不了解事物的底细而造成的。它还告诉读者,古代一些涉及拜神求佛的事,看起来神秘莫测,如果揭开内幕,真实情况不过如此而已。

外国道人

晋·荀氏

太元十二年①,有道人外国来②,能吞刀吐火,吐珠玉金银;自说其所受师,即白衣③,非沙门也④。

　　尝行，见一人担担⑤，上有小笼子，可受升余⑥。语担人云："吾步行疲极，欲寄君担⑦。"担人甚怪之，虑是狂人⑧，便语之云："自可尔耳⑨，君欲何许自厝耶⑩?"其人答曰："君若见许⑪，正欲入君此笼子中。"担人愈怪其奇："君能入笼，便是神人也。"乃下担⑫，即入笼中；笼不更大，其人亦不更小，担之亦不觉重于先⑬。

　　既行数十里，树下住食，担人呼共食，云："我自有食"，不肯出。止住笼中⑭，饮食器物罗列，肴膳丰腆亦办⑮。反呼担人食。未半，语担人："我欲与妇共食⑯。"即复口吐出一女子，年二十许⑰，衣裳容貌甚美，二人便共食。食欲竟⑱，其夫便卧。妇语担人："我有外夫⑲，欲来共食；夫觉⑳，君勿道之㉑。"妇便口中吐出一年少丈夫㉒，共食。笼中便有三人，宽急之事㉓，亦复不异㉔。有顷㉕，其夫动，如欲觉，妇便以外夫内口中㉖。夫起，语担人曰："可去。"即以妇内口中，次及食器物㉗。

　　此人既至国中㉘，有一家大富贵，财巨万㉙，而性悭吝㉚，不行仁义，语担人云㉛："吾试为君破奴悭囊㉜。"即至其家㉝。

　　有一好马，甚珍之㉞，系在柱下㉟；忽失去，寻索不知处㊱。明日㊲，见马在五升罂中㊳，终不可破取㊴，不知何方得取之㊵。便往语言㊶："君作百人厨㊷，以周一方穷乏㊸，马当得出耳。"主人即狼狈作之㊹，毕㊺，马还在柱下。明旦㊻，其父母老在堂上㊼，忽复不见；举家惶怖㊽，不知所在㊾。开妆器，忽然见父母在泽壶中㊿，不知何由得出○51。复往请之○52，其人云："君当更作千人饮食○53，以饴百姓穷者○54，乃当得出。"既作，其父母自在床上也。

选自《灵鬼志》

讲一讲

    《灵鬼志》是一部志怪小说集,原有三卷,现已残缺不全。作者是东晋时的荀氏。荀氏的名字、生平事迹都不详。

    ① 太元:东晋孝武帝的年号。十二年:即公元 387 年。

    ② 道人:南北朝时期把和尚叫做道人。

    ③ 自说其所受师:自己说教授自己的老师。即:是。白衣:佛教徒把在家的俗人叫白衣,当时天竺(印度)的人大多穿白衣服。

    ④ 沙门:出家修行的和尚。

    ⑤ 尝行:曾经在路上走。担担:挑担子。第一个"担"是动词,第二个"担"是名词。

    ⑥ 受:容纳。可受升余:可以容纳一升多的东西,形容笼子很小。

    ⑦ 语担人云:对挑担子的人说。步行疲极:走路累极了。寄:寄居。君:敬称。

    ⑧ 此句意思是挑担人奇怪而又担忧这道人是个疯子。虑:担忧。

    ⑨ 尔:这样。自可尔耳:自然可以这样做了。

    ⑩ 何许:什么地方。厝(cuò):安置。何许自厝:怎样安置自己呢?

    ⑪ 见许:答应。

    ⑫ 下:放下。

    ⑬ 更大:变大。重于先:比以前沉重。

⑭ 既行：已经走了。住食：停下吃饭。呼共食：叫他一块吃。止：就是"只"。

⑮ 肴膳（yáo shàn）：鱼肉等荤菜和饭食。丰腆（tiǎn）：丰厚。办：具备。

⑯ 未半：吃了没有一半。妇：指道人的妻子。

⑰ 二十许：二十岁左右。

⑱ 竟：完毕。食欲竟：饭快要吃完了。

⑲ 外夫：非正式的丈夫，情夫。

⑳ 夫觉：如果我丈夫睡醒了。

㉑ 君勿道之：你不要告诉他。

㉒ 丈夫：成年的男子。

㉓ 宽急：指笼子的宽窄。

㉔ 亦复不异：笼子的大小和原来也没有什么不同。

㉕ 有顷：一会儿。

㉖ 内：同"纳"，放进。

㉗ 这句是说，然后再把放食物的器具放进嘴里。

㉘ 国：指国都。

㉙ 巨万：形容钱财的数目极大。

㉚ 悭吝（qiān lìn）：吝啬，小气。

㉛ 不行仁义：不做仁义的事情。这句是道人说的话。

㉜ 破：指破费钱财。奴：指对财主鄙视的称呼。囊：指放钱的口袋。

㉝ 即至其家：马上就到了财主的家。

㉞ 珍之：把它看得很珍贵。

㉟ 系（jì）：拴。

㊱ 寻索：寻找，求取。处：地方。

㊲ 明日：第二天。

㊳ 五升罂（yīng）：能装五升酒的盛酒器，腹大口小。

㊴ 破取：砸坏坛子取出。

㊵ 方：方法。得取之：才能取出它。

㊶ 这句是道人去对富人说话。

㊷ 百人厨：指做出供一百人吃的饭菜。

㊸ 周：周济，救济。穷乏：指穷困的人。

㊹ 狼狈：形容受窘的样子。作之：做这件事。

㊺ 毕：指做完了百人的饭菜。

㊻ 旦：早晨。

㊼ 堂：正房。

㊽ 忽复不见：忽然就不见了。举家：全家。惶怖：惊慌，害怕。

㊾ 不知所在：不知在什么地方。

㊿ 妆器：装化妆用品的器具。

(51) 泽壶：装脂膏的壶。

(52) 何由得出：怎样才能救出。

(53) 复往请之：又去请道人帮助。

(54) 更：再。

(55) 饴（sì）：通“饲”，拿食物给人吃。

译过来

东晋孝武帝太元十二年，从外国来了一位道人，他能吞下刀吐出火，还能从嘴里吐出珠玉金银。他自称这种道术是从印度学来的，教授的老师是平民百姓，不是出家人。

有一次，道人曾经在路上走，看见一个人挑着担子走在前面，担子上有一个可以装升把米的小笼子。道人就跟挑担的人说："我走得太累了，很想寄附在你的担子上。"挑担人觉得很奇怪。心想，这个人恐怕是疯子，就对他说："当然可以这样做了，但是，您准备把自己安置在什么地方呢？"道人回答说："您要是答应的话，我想钻到您这只笼子里去。"挑担人觉得这更奇怪了，说："您要是能进入这么小的笼子里，那可真是神仙了！"就把担子放下，那道人立刻就钻进了笼子里，笼子并没有变大，道人也没有变小，挑担人挑起来走路也不觉得比先前沉重。

就这样走了十里地，挑担人累了就在一棵大树下歇脚，吃点东西。他招呼道人出来和自己一块儿吃。道人说他自己有东西吃，不肯出来。只见道人自己坐在笼子里，他的面前摆满了酒器碗筷，鸡鸭鱼肉米饭等都具备了，非常丰盛。他反过来招呼挑担人一道吃。还没吃到一半的时候，道人告诉挑担人说："我要跟我的妻子一起吃。"说着，立刻从嘴里吐出一个女子来，年纪约二十来岁，衣裳挺漂亮，长得也很俊，两个人就在一起吃起饭来。快吃完的时候，道人躺下来睡着了。

那个女子告诉挑担人说："我还有情夫，想叫他来一起吃饭，如果我丈夫睡醒了，请您不要告诉我的丈夫。"说完，她就从嘴里吐出一个青年男子，两人在一块儿吃喝起来。这时笼子里已有三个人，可是笼子既不显得宽，也不显得窄，大小和原先也没有什么不同。过了一些时候，道人动了一下，像是要睡醒的样子。那个女子连忙一张嘴把情夫收进了口里。道人醒过来，告诉挑担人说："可以走了。"他就立刻把妻子收进口里，然后把吃饭用的器具也一件一件依次放入口中。

这个人已经来到京城，那里有一家大财主，钱财堆积如山，但很吝啬，为人不讲礼义道德，一点好事也不做。道人听说后，就对挑担人说："您看着，我来试一试，非破破这个吝啬鬼的钱袋不可。"说着就来到了这个财主的家。

这家人有一匹好马，财主特别珍爱它，那天，马明明拴在堂前的柱子上，却忽然丢失了，到处寻找也没有踪影，不知它跑到什么地方去了。第二天，这家人发现那匹马被装在只能盛五升酒的一只坛子里，坛子怎么打也不破，谁也不知道用什么法子才能把马弄出来。道人就来到了他的跟前，告诉他说："您只要做一百口人吃的饭，用来周济一下这一带的穷苦百姓，这马准能出来。"财主听后显得十分狼狈，又无可奈何，只得做了一百个人吃的饭菜。饭开过了，那匹马果然又好好地回到原来的柱子旁边。

第二天早上，财主的老父母正端坐在厅堂上，忽然又不见了。全家人惊慌失措，不知道他们到哪里去了。后来财主打开装化妆用品的柜橱，突然发现他们父母蹲在脂膏壶里。财主不知道怎样才能救出父母，只好又去请求外国道人，道人说："您要是再预备一千口人的饭，让穷苦的百姓饱餐一顿，那您的双亲一定能出来的。"等到财主做好了一千口人的饭菜，请人吃过了，他的父母也已经安然地坐在自家的床上了。

帮你读

　　小说生动地描写了外国道人奇妙变化的法术。可贵的是，道人运用这种法术惩罚财主，救济贫民，为人民做了好事。

这篇文章主要以情节的怪诞离奇取胜。外国道人能"吞刀吐火，吐珠玉金银"。在开始的情节中，道人就钻进了只能盛升把米的笼子里。他进去以后，笼子没有变大，道人也没有变小，挑担人也不觉得比原先重，真是令人惊叹。

再看第二个情节。休息时，笼里的道人从嘴里吐出一桌筵席，锅碗瓢盆一大堆，山珍海味样样俱全，出乎意料的是，他还把妻子从口里吐出来"共食"。更使人惊奇的是，当道人睡觉时，他妻子从嘴里吐出一个情夫来"共食"。真是山外有山，戏中有戏，道人能吐物吐人，人又吐人，真是幻中生幻，好像神话中七十二变的孙悟空，出神入化，变幻无穷。

作者安排情节是为了表达自己的思想的，前两个情节表现了道人的法术高深，为后面的情节做了铺垫。这最后一个情节是写道人捉弄都城的大财主，为穷人出气。这个财主是一个"不行仁义"的吝啬鬼，道人就把他最珍爱的马弄到坛子里去了。让他做一百人的饭给穷人吃，然后才把马放出来。第二天，道人又把财主的父母给藏了起来，逼他再做一千人的饭来周济贫苦百姓，然后才肯放出他的父母。道人用法术破费了财主的钱袋，使他不得不开饭救济穷人。这真是大快人心。在这些描写中，表现出作者对剥削者的憎恨心情。

这篇小说产生在魏晋南北朝，当时正是中国对外开放时期，中外文化交流频繁，本文的创作就受到了印度佛教的影响。

刘晨阮肇遇仙记

南朝（宋）·刘义庆

汉明帝永平五年^①，剡县刘晨、阮肇共入天台山^②取彀，迷不得返^③。经十三日，粮食乏尽^④，饥馁殆死^⑤。遥望山上，有一桃树，大有子实^⑥，而绝岩邃涧^⑦，永无登路。攀援藤葛，乃得至上^⑧。各啖数枚^⑨，而饥止体充^⑩。复下山，持杯取水，欲盥漱^⑪，见芜菁叶从山腹流出^⑫，甚新鲜，复一杯流出^⑬，有胡麻饭糁^⑭。相谓曰^⑮："此知去人径不远^⑯。"便共没水，逆流二三里^⑰，得度山^⑱，出一大溪。溪边有二女子，姿质妙绝^⑲，见二人持杯出，便笑曰："刘、阮二郎捉向所失流杯来^⑳。"晨、肇既不识之，缘二女便呼其姓^㉑，似如有旧，乃相见而恶。问："来何晚耶？"因邀还家^㉒。

其家简瓦屋^㉓，南壁及东壁下各有一大床，皆施绛罗帐^㉔，帐角悬铃，金银交错^㉕。床头各有十侍婢^㉖，敕云^㉗："刘、阮二郎，经陟山岨^㉘，向虽得琼实^㉙，犹尚虚弊^㉚，可速作食。"食胡麻饭、山羊脯^㉛、牛肉，甚甘美。食毕，行酒^㉜。有一群女来，各持五三桃子，笑而言："驾汝婿来^㉝。"酒酣作乐^㉞，刘、阮欣怖交并^㉟。至暮^㊱，令各就一帐宿^㊲，女往就之^㊳，言声清婉^㊴，令人忘忧。

十日后，欲求还去。女云："君已来是^㊵，宿福所牵^㊶，何复欲还邪？"遂停半年^㊷。气候草木是春时，百鸟啼鸣，更怀悲思，求归甚苦㊸。女曰："罪牵君,当可如何㊹?"遂呼前来女子,有三四十人,集会奏乐,共送刘、阮,指示还路㊺。

既出,亲旧零落㊻,邑屋改异㊼,无复相识㊽。问讯,得七世孙㊾,传闻上世入山㊿,迷不得归。

至晋太元八年㊿,忽复去,不知何所㊿。

选自《幽明录》

刘义庆(403～444):彭城(今江苏省徐州市)人。南朝宋武帝刘裕的侄子,被封为临川王。他是魏晋南北朝时期的著名小说家。《幽明录》是他编写的一部志怪小说集,原有二十卷,现已残缺不全。

① 汉明帝:东汉的皇帝刘庄。永平五年:公元 62 年,永平是汉明帝年号。

② 剡(shàn)县:地名,在今浙江省嵊(shèng)县西南。天台山:山名,在浙江省天台县北。筏:谷树皮,可以做缬头(古时包头发的纱巾),也可以写字作纸用,还是造纸材料。

③ 迷:走迷了路。

④ 经:经历,过了。乏:缺少。

⑤ 饥馁(něi):饥饿。殆(dài):几乎。

⑥ 大有:有很多。子实:果实。

⑦ 绝岩:陡峭而不能攀登的山崖。邃(suì):深。涧:夹在两山之间的水沟。

⑧ 攀援藤葛:抓着藤葛向上爬。至上:到了山上。乃得:这

魏晋南北朝小说

才得以。

　⑨ 啖（dàn）：吃。枚：量词，相当于"个"。

　⑩ 饥止：饥饿感没有了。体充：恢复了全身的气力。

　⑪ 盥漱（guàn shù）：洗手漱口。

　⑫ 芜菁（wú jīng）：草本植物，根和叶子可以做菜吃。山腹：山里。

　⑬ 复一杯：又有一个杯子。

　⑭ 胡麻：芝麻。糁（sǎn）：饭粒。

　⑮ 相谓曰：互相说。

　⑯ 去人径：距离走人的道路。

　⑰ 逆流：迎着水流。

　⑱ 度：过。

　⑲ 姿质：相貌。妙绝：好到极点。

　⑳ 捉：拿。向：以前，从前。失：丢掉。

　㉑ 既不识之：既然不认识他们。缘：为什么。

　㉒ 旧：老交情。有旧：曾经相互认识。来何晚耶：为什么来这么晚啊？因邀还家：于是请他们回家。

　㉓ 筒瓦：剖开竹子做成的筒子瓦。

　㉔ 施：设置，安放。绛（jiàng）：大红色。

　㉕ 悬：挂着。交错：相互交叉。

　㉖ 侍婢：服侍人的小女孩。

　㉗ 敕（chì）：告诫，嘱咐。

　㉘ 陟（zhì）：登，上。岨（jū）：戴土的石山。

　㉙ 向：从前。琼实：精美的果实，指上文所说的仙桃。

　㉚ 犹尚：仍然还是。虚弊：指身体虚弱疲乏。

㉛ 脯（fǔ）：肉干。

㉜ 甚甘美：很是香甜。行酒：依次斟酒。

㉝ 婿：丈夫。

㉞ 酒酣（hān）：酒喝得很畅快的时候。作乐：奏乐。

㉟ 欣怖交并：喜悦和害怕交织在一起。

㊱ 至暮：到了天黑。

㊲ 就：靠近，到。宿：睡觉。

㊳ 往：到……去。

㊴ 清婉：清脆，婉转。

㊵ 欲求还去：想请求回家。君：您，尊称。是：这儿。

㊶ 宿：旧的。牵：牵连。宿福所牵：由于前生的福气的牵连把你们引到这儿来的。

㊷ 何复欲还邪：为什么还要回去呢？遂：于是。停：留。

㊸ 气候：季节。苦：苦恼，痛苦。甚：很。

㊹ 这句是说：罪孽牵累着你们不放，叫我们有什么办法呢？

㊺ 指示：指给他们看。

㊻ 既：已经。亲旧：亲人和朋友。零落：这里比喻死亡。

㊼ 邑（yì）：城市。改异：改变了样子。

㊽ 无复：不再。

㊾ 问讯：向别人讯问。七世：七代、七辈子。这句是说，见到了他们第七代孙子。

㊿ 上世：前辈，指刘、阮二人。

51 晋太元八年：即公元 383 年，太元是晋孝武帝的年号。

52 忽复去：忽然又离开了。不知何所：不知到什么地方去了。

译过来

　　在汉明帝永平五年的时候，浙江剡县人刘晨和阮肇一起去天台山去采集谷树皮。他们迷了路，不能回家了。过了十三天，他们已经把所带的干粮全部吃光了，眼看着就要饿死了。这时，他们远远望见山上有一棵树。树上结了许多果子。可是，隔着陡峭的山崖和极深的山涧，永远也不会找到登上山去的道路。于是，他们就冒着危险，抓住山上长着的葛藤，好不容易才爬到山上，每个人摘了几个桃子吃起来。谁知桃子刚下肚，他们就觉得不饿了，体力恢复了，两人又慢慢地下山，拿着杯子去山涧里舀水，打算洗洗手，漱漱口。这时，他们看见有芜菁叶从山晨的溪水中流出来，样子很鲜亮，接着又有一只杯子随水漂出。里面还有芝麻饭的饭粒。两个人高兴地互相说："这里大概离有人家的地方不远了。"于是，他们就一块下到溪水里，迎着水流，走了两三里路，绕过了这座大山，眼前出现了一条大溪。

　　溪水边站着两个女子，长得非常漂亮。她们看见刘、阮二人拿着杯子从山里走出来，就笑着说："刘相公、阮相公把我们刚才被水冲走的杯子拿回来了！"刘晨和阮肇感到很奇怪，既然不认识她们，为什么这二位女子竟能称名道姓地叫自己的名字呢？就好像过去很熟识似的。于是就上前和她们相见，心情十分愉快。这两位女子问道："你们怎么来得这样晚呢？"说着就请他们到自己家里。

　　她们住房的屋顶全是用剖开来的竹子盖的，室内靠南墙和东墙各有一张大床，上面全都安放着红罗帐，罗帐的四角还都挂着小铃铛。各种金银器物相互交叉,室内显得富丽堂皇。两个床的床头各站着十名丫鬟侍候,两个女子吩咐她们说:"刘、阮二相公跋山涉水历艰险到这里来,虽然刚才吃了几个仙桃,但身体还是虚弱、疲乏,快去给他们准备饭菜。"不一会饭做好了,刘晨、阮肇他们吃的是芝麻饭,山羊肉做成的肉干和牛肉,味道特别香甜可口。吃完了饭,丫环又依次给他们斟酒。接着又来了一群少女,每个人手里都捧着三五个仙桃,笑着对二位仙女说:"恭贺你们的女婿来了!"这时大家喝酒喝得很畅快,丫鬟们又演奏了音乐,真是热闹非凡。可刘、阮二人的心里又是高兴,又是害怕,到了晚上,两个仙女让他们各到一个帐子里睡觉,她们俩自己也分别到了帐子里陪伴刘晨和阮肇。仙女们说话的声音清脆,婉转,悦耳,听到以后叫人忘掉了忧愁。

十天以后,刘、阮二人有些想家,要求回去。仙女说:"您二位已经来到我们这里,这是前生的福气把你们引到这儿来的,早就有缘分儿,为什么还要回去呢?"听了仙女的劝告,刘、阮二人又留在那里住了半年。到了第二年春暖花开的时候,草木青青,百鸟争鸣,他们又增添了怀念家乡的伤感心情,要求回家的念头非常迫切。仙女就说:"人间的罪孽缠住了你们,我们又有什么办法呢!"于是就叫来三四十个少女,让她们在一起集会奏乐,欢送刘、阮二人,并给他们指明了回家的道路。

他们出了山,回到家乡一看,亲戚朋友死的死,亡的亡,城里的房屋完全改变了模样,再也认不出来了。到处向人打听,才找到他们的第七代孙子,据这些后代说,过去他们曾听说自己的祖先进山迷了路,再也没有回来。

到了东晋孝武帝八年的时候,刘、阮二人忽然又离开了这里，不知道他们到哪里去了。

帮你读 ▼

　　虚构是文学创作的一个重要方法。这里的"虚"是说它不是现实生活中的真人真事，而是作者的幻想和假设。本文写了两个青年进入天台山，遇见了仙女并且和他们结为夫妇的故事。作者在故事中就虚构了一个在现实生活当中不可能找到的"令人忘忧"的神奇世界。

　　作者有意把仙女居住的地方写得神秘莫测。天台山"绝岩邃涧，永无登路"。山上的仙桃吃了几个就"饥止体充"。作者还写了仙女们的未卜先知。刘、阮二人根本不认识二位女子，但是，他们的名字人家却一清二楚，"似如有旧"。本来他们迷路后才到这儿，可是仙女们问："来何晚邪？"好像仙女们早就知道他们来似的。更令人惊奇的是，刘、阮二人在山里只住了半年多，当他们回家乡的时候，却"亲旧零落，邑屋改异，无复相识"，时间已经越过七代之久了。这种神奇多变的描写，正突出了仙境的神秘色彩。

　　同时，作者也注意了文章的现实性和真实感，使人觉得亲切、可信。这个故事在我们面前展现的是一种深山中宁静、幸福的生活。仙女们住在溪水旁的竹屋里，睡的是大床罗帐；吃的是胡麻饭、羊肉干和牛肉。仙女们招待刘晨和阮肇是那样的真诚，少女们带礼物来道贺，也是那样的笑语可亲。从她们的音容笑貌中，我们可以看到，处处表现出这是现实社会中的普通人，几乎没有什么神怪色彩，洋溢着浓厚的人情味，让人感到这个地方确实存在,令人神往。

　　然而,这样的环境和生活,是当时处于战乱之中的人民求之不得的,因此,作者只能把它寄托在虚构和幻想中。这个故事正包含着人民的这种感情和希望。他们向往安定幸福的生活,渴望太平世界,希望有美满的婚姻。这与当时黑暗社会形成了鲜明的对照,它好像黑夜中点燃的一枝蜡烛,放出诱人的光芒,吸引着人们去追求美好的理想。这无疑是有一定积极意义的。

汤林幻梦

南朝（宋）·刘义庆

焦湖庙祝有柏枕①，三十余年，枕后一小坼孔②。县民汤林行贾③，经庙祈福④。祝曰⑤："君婚姻未⑥？可就枕坼边⑦。"令林入坼内，见朱门⑧、琼宫⑨、瑶台⑩，胜于世⑪。见赵太尉⑫，为林婚，育子六人，四男二女。选林秘书郎⑬，俄迁黄门郎⑭。林在枕中，永无思归之怀⑮，遂遭违忤之事⑯。祝令林出外间⑰，遂见向枕⑱。谓枕内历年载⑲，而实俄顷之间矣⑳。

选自《幽明录》

讲一讲

① 焦湖：又名巢湖，在今安徽省巢湖县西南。庙祝：神庙管理香火的人。柏枕：用柏木做的枕头。

② 坼（chè）：裂开。

③ 县民：县城里的人。汤林：人名。行贾（gǔ）：做买卖。

④ 经庙：路过庙。祈（qí）福：祈求幸福。

⑤ 祝：指的是庙祝。

⑥ 君：尊称，您。婚姻未：结婚没有。

⑦ 就：靠近。

⑧ 朱门：红色的大门。

⑨ 琼宫：瑰丽似玉的宫殿。

⑩ 瑶台：雕饰华贵、结构精巧的楼台。

⑪ 胜于：超过。

⑫ 太尉：官名，是统管全国军事的大官。

⑬ 为林婚：替汤林办婚事。育：生育。子：孩子。选：推荐。秘书郎：官名，掌管图书档案。

⑭ 俄：不久。迁：升任。黄门郎：官名，管理尚书奏事。

⑮ 思归之怀：想回家的念头。

⑯ 违忤(wǔ)：违背心愿。

⑰ 外间：外面。

⑱ 向：从前。

⑲ 谓：说。历年载：经历了很多年。

⑳ 俄顷：一刹那，很短的时间。

译过来

　　焦湖神庙中掌管香火的人有一个柏木枕头，已经使用了三十多年，枕头后面还裂开了一个小孔。

　　县城里有一个贩卖货物的商人，名叫汤林，他从神庙经过，就进到庙里烧香磕头，向神祈求幸福。管香火的人对他说："您结婚了吗？您可以靠近枕头裂孔边睡一觉，一定会得到幸福的。"于是就让汤林从柏枕的裂孔中钻了进去。

　　汤林进去以后，首先看到朱红色的大门，然后，又看到了一座瑰丽似玉的官殿，还有雕饰华丽，结构精巧的楼台，这一切都超过了人间。接着他又会见了朝廷的大官赵太尉，赵太尉给他帮忙成了婚，并生下了六个孩子，其中四个儿子，两个女儿。又推荐他当秘书郎，不久又升任为黄门郎。汤林在柏枕中，一直没有产生想念家乡的念头。但是，好景不长，朝廷的大臣们嫉妒他，他又遇到了许多违背自己心愿和自己愿望相抵触的事。

这时，那个管香火的人就叫汤林从枕头里出来，于是他又看见了刚才幻游过的那个柏木枕头。可真谓枕头内经历的许多年，而实际上只是一小会儿的时光呀。

帮你读

小说通过汤林在柏枕中所经历的神话般的富贵生涯，讽刺了那些热衷功名利禄的人。

在艺术上，巧妙新颖的构思，虚实交错的笔法是本文的特色。文章把现实的人生压缩在一个梦境之中，它写的是梦幻，却并不给人以迷离的感觉，似乎点点滴滴都是现实生活的再现。汤林是一个贩卖货物的商人，追求荣华富贵正是他梦寐以求的心愿，娶妻生子当然也是他一桩重要的心事。当他进入柏枕后，首先遇到的是朱红的大门，富丽的宫殿，华贵的台阁，这不正是功名利禄的象征吗？他幸运地被赵太尉看中了，帮助他结了婚，还生了四男二女，这些都充满现实的生活气息。汤林当了秘书郎以后，不久又升任黄门郎，他一步一步地向上爬，官越做越高，权势越来越大，终于引起了朝廷内外官员们的嫉妒和攻击。在统治阶级内部的复杂矛盾斗争中，汤林垮台了，到头来落得个一无所有。只有这时，他才从噩梦中惊醒，又回到了现实的人生。

文章把幻境和现实交织在一起，现实的人生成了梦境的继续。汤林还不富裕，妻子也没有娶，他的美好愿望彻底破灭了。在旧社会，有一些人历经荣华富贵，但到头来，由于某些不可抗拒的原因而衰败下来，陷入穷困的境地。回忆往事，他们不禁产生了"富贵如烟"、"人生如梦"的感慨，他们认为，人生在世也不过是一场梦。

作者以隐晦的手法，揭露了封建社会官场的黑暗和险恶，汤林梦境中的遭遇就是当时社会生活的真实写照。

这个题材对后世影响较大，唐代沈既济的《枕中记》，李公佐的《南柯太守传》，明代汤显祖的《邯郸记》，清代蒲松龄《聊斋志异》中的《续黄粱》等小说、戏曲都是由此发展而来的。"黄粱一梦"、"南柯一梦"的成语也就流传下来了。

情死复生

南朝(宋)·刘义庆

魏晋南北朝小说

　　有人家甚富①,止有一男②,宠恣过常③。游市④,见一女子美丽,卖胡粉⑤,爱之,无由自达⑥。乃托买粉⑦,日往市⑧,得粉便去,初无所言⑨。积渐久⑩,女深疑之。明日复来,问曰:"君买此粉,将欲何施⑪?"答曰:"意相爱乐⑫,不敢自达,然恒欲相见⑬,故假此以观姿耳⑭。"女怅然有感⑮,遂相许以私⑯,克以明夕⑰。

　　其夜,安寝堂屋⑱,以俟女来⑲。薄暮果到⑳,男不胜其悦㉑,把臂曰㉒:"夙愿始伸于此㉓!"欢踊遂死㉔。女惶惧㉕,不知所以㉖,因遁去㉗,明还粉店㉘。

　　至食时㉙,父母怪男不起,往视,已死矣。当就殡殓㉚,发箧笥中㉛,见百余裹胡粉㉜,大小一积㉝。其母曰:"杀我儿者此粉也。"入市遍买胡粉,次此女㉞,比之,手迹如先㉟。遂执问女曰:"何杀我儿㊱?"女闻呜咽㊲,具以实陈㊳。父母不信,遂以诉官㊴。女曰:"妾岂复吝死㊵,乞一临尸尽哀㊶。"县令许焉㊷。径往㊸,抚之恸哭曰㊹:"不幸致此㊺,若死魂而灵㊻,复何恨哉㊼!"男豁然更生㊽,具说情状。遂为夫妇,子孙繁茂㊾。

选自《幽明录》

讲一讲

① 甚富：钱财特别多。

② 止：只。

③ 宠恣(zì)：宠爱放任。过常：超过一般程度。

④ 市：做买卖的地方。游市：到集市上游逛。

⑤ 胡粉：化妆搽脸用的铅粉。

⑥ 之：指的是那个女子。无由自达：没有办法向对方来表达自己的爱情。

⑦ 乃：于是。托：推托，借口。

⑧ 日:每天。

⑨ 得粉便去:买到粉就离开。初无:从来没有。这句是说,那个男子始终一句话也不说。

⑩ 积渐久:时间逐渐长久以后。

⑪ 深疑之:对这件事很疑惑。复:又,再。将欲:想要。施:用。何施:做什么用。

⑫ 意相爱乐:我在心中和你相爱。

⑬ 然:可是。恒:经常。欲相见:想见到你。

⑭ 假:借。姿:容貌。这句是说,所以借助这种方式来看看你的容貌啊。

⑮ 怅(chàng)然:不好意思的样子。有感:指心里受到感动。

⑯ 遂:于是,就。许:答应。私:这里是秘密会见的意思。这句是说,于是,她就答应和那个男子秘密约会。

⑰ 克:约定。明夕:明天晚上。

⑱ 其夜:那天晚上。安寝(qǐn):安静地躺着。堂屋:正房。

⑲ 俟(sì):等待。

⑳ 薄暮:傍晚,天刚刚黑的时候。果到:果然来到。

㉑ 不胜其悦:非常高兴。

㉒ 把臂:拉住手臂,表示亲密。

㉓ 夙愿:平素的愿望。伸:展开,这里是指达到的意思。

㉔ 欢踊:高兴地跳跃。遂死:就死了。

㉕ 惶惧:惊慌,害怕。

㉖ 不知所以:不知道该怎么办才好。

㉗ 遁(dùn):逃去。

㉘ 明：第二天。

㉙ 至食时：到了吃饭的时候。

㉚ 往视：过去看望。当就：将要。殡（bìn）：停放灵柩叫殡。殓（liàn）：给尸体穿上衣服装进棺材叫殓。这句是说，将要把死者装进棺材埋葬的时候。

㉛ 发：打开。箧（qiè）：小箱子。笥（sì）：盛饭食和衣服的竹器。

㉜ 裹（guǒ）：指包裹的物品。

㉝ 大小一积：大包小包都堆积在一起。

㉞ 入市遍买：去市场到处买。次：依次，轮到。

㉟ 比：比照。手迹如先：指卖胡粉女子在包胡粉时所留下的包装、式样等痕迹和她儿子先前买的一样。

㊱ 何杀：为什么杀死。执：捉住。

㊲ 闻：听了。呜咽（yè）：低声哭泣。

㊳ 陈：陈述。具以实陈：把事实的真相完全说出来。

㊴ 诉官：告到官府。

㊵ 妾：古代女子对自己的谦称。岂复：难道还。吝（lìn）：舍不得。这句是说，我难道还怕死吗？

㊶ 临：到。这句是说，请求县官让我到尸体前去表示我极大的悲哀。

㊷ 许焉（yān）：答应了这件事。

㊸ 径：一直。

㊹ 抚（fǔ）：轻轻地摸。恸（tòng）：悲哀地大哭。

㊺ 致此：引来这样的后果。

㊻ 若：如果。灵：灵验。

㊼ 复何恨哉:又有什么遗憾的呢!

㊽ 豁(huò)然:忽然。更生:复活。

㊾ 具说情状:把事情经过的情况全讲了出来。繁茂:形容很多。

译过来

过去一户人家,钱财特别多,却只有一个儿子,一家人对他的宠爱放任远远超出一般人家。有一天,他到集市上去游逛,看见了一个美丽的姑娘,站在街上卖胡粉。这个男子心里很爱她,可是,又没有什么办法向她表达自己的爱情。于是,他就借口买胡粉,天天都到集市上去,买了胡粉就走,从来没有和这个姑娘说过一句话。

日子渐渐地长了,卖胡粉的姑娘对他产生了怀疑。第二天,他又来了,姑娘就问他说:"您买这种粉,准备做什么用?"他回答说:"我很喜欢你,在心中和你相爱,又不敢公开表示。可又常常想和你见面,所以,就借着买胡粉的机会来看看你那美丽的容貌啊。"姑娘听到这儿,有些不好意思,又很受感动。于是就答应了和他私下往来,约定在明天晚上到他家相会。

过一天,晚上,他安静地躺在正房中,等待着姑娘的到来。天刚黑的时候,姑娘果然来了,这个男子高兴得不得了,一把拉住姑娘的手臂说:"我一向怀有愿望,今天终于达到了!"他高兴得欢蹦乱跳,一下子就死过去了。姑娘非常惊慌,害怕,不知道怎么办才好,于是就悄悄逃走了。天亮的时候回到了卖胡粉的店铺里。

到了早上快要吃饭的时候,那家的父母奇怪儿子为什么还不起床,进到他屋里一看,儿子已经死了。当这家人将要把儿子装进棺材的时候,他父母打开儿子的箱子一看,发现里面有一百多包胡粉,大大小小堆积在一起。他母亲说:"害死我儿子的,必定和这些胡粉有关。"接着,就到街市上所有卖胡粉的地方去买胡粉,寻找杀人凶手。到了这个卖胡粉的姑娘的地方,比照查对她的包装、样式等痕迹,和她儿子先前买的完全相同,于是就马上捉住她追问:"你为什么杀死我的儿子?"姑娘听了就痛哭起来,并且把事实的真相完全讲了出来。男子的父母不相信,就把这件案子告发到了官府里去。

卖胡粉的姑娘对县官说:"难道我还吝惜死吗?请求您允许我到他尸体前,去表示我的极大悲哀。"县官答应了她的请求。姑娘一直来到尸体旁,用手轻轻抚摸着他,悲哀得大哭起来。她说:"你不幸死了,想不到今天会弄到这种地步,如果魂魄真有灵验的话,我也愿意以死相报,咱们就又可以在一起了,我还有什么可遗憾的呢!"这话刚说完,那个死去的男子突然活过来了。他把全部情形都讲了出来。

后来,他们两个人就结成夫妇。他们子孙满堂,家族兴盛。

帮你读

小说描写了一对青年男女很不平常的爱情故事,情节生动、曲折。乍一看来,这种爱情似乎离奇怪诞,但它告诉人们:只有爱得热烈,爱得永久,爱情才能最终获得幸福的结局。

在封建社会里,婚姻由父母做主,又必须门当户对。可是,这位富家青年,却偏偏爱上了社会地位低下的卖胡粉女子。他们的结合,在当时几乎是不可能的,因此,这个青年不敢表达自己的爱情。但是,为了能见到自己心爱的人,他就天天借口去买胡粉,去看望那个姑娘。最后,他们终于冲破了这个封建礼教的束缚,"相许以私"。也许正因为这个缘故,他们之间的秘密约会,使得这个痴情的富家子弟大喜过望,以致"欢踊而死"。

卖胡粉女子在男青年突然死去的情况下,因为一时的害怕逃跑了,这是可以理解的。可贵的是,她在官府追究罪责时,不因为事关人命而逃避责任,而是如实地讲清了事实的真相。尽管她由于"爱"而蒙受了不白之冤,但是,她的态度十分坦然,"妾岂复吝死,乞一临尸尽哀"。眼看要抵命也在所不辞。这种为了爱敢作敢当,视死如归的表现,是多么磊落无私,坦荡纯洁啊!

如果说这位青年男子为情"欢踊而死"是一种奇迹的话,那么,在卖胡粉女子抚尸的恸哭声中,他竟然因情而"豁然更生",就更是一种神话了。小说正是通过这种高度夸张的浪漫主义表现手法,歌颂了真挚的爱情,寄托了人民反抗封建礼教、要求婚姻自主的美好愿望。

清代蒲松龄《聊斋志异》中的《阿绣》,就是受到了本篇的影响而再创作的。

楚王鹰

南朝（宋）·刘义庆

　　楚文王少时好猎①。有一人献一鹰，文王见之，爪距神爽②，殊绝常鹰③。故为猎于云梦④，置网云布⑤。烟烧张天⑥，毛群羽族⑦，争噬竞搏⑧。此鹰轩颈瞪目⑨，无搏噬之志⑩。王曰："吾鹰所获以百数⑪，汝鹰曾无奋意⑫，将欺余邪？"献者曰："若效于雉兔⑬，臣岂敢献⑭？"

俄而⑮，云际有一物凝翔⑯，鲜白⑰，不辨其形。鹰便竦翮而升⑱，蠢若飞电⑲。须臾⑳，羽堕如雪㉑，血下如雨。有大鸟堕地，度其两翅㉒，广数十里，众莫能识。时有博物君子曰㉓："此大鹏雏也㉔。"文王乃厚赏之㉕。

选自《幽明录》

讲一讲

① 楚文王：春秋时楚国的国君。少时：年轻的时候。好猎：喜欢打猎。

② 距：爪后面突出像脚趾的部分。爽：明亮。

③ 殊绝：特殊异常。此句意思为：特殊的绝不同一般的鹰。

④ 云梦：就是"云梦泽"，当时楚国的一片大低洼地。在今湖北中部和湖南北部一带。

⑤ 置网云布：设置的罗网像云一样密布。

⑥ 烟烧张天：用来惊吓禽兽而焚烧柴草产生的烟焰遮没了天空。

⑦ 毛群：猎犬之类。羽族：猎鹰之类。

⑧ 噬（shì）：咬。竞：竞相，争着。搏：搏斗，指围攻被追赶的动物。

⑨ 轩颈：高高扬起脖子。瞠目：睁大眼睛。

⑩ 志：志向，意愿。

⑪ 所获以百数：抓获的（猎物）以百位数计算，这是形容猎物很多。

⑫ 汝：你。曾无奋意：连振作的意思都没有。"曾"是副词，

用来加强语气。

⑬ 献者:献鹰的人。若效于雉兔:如果只用在捕捉野鸡、野兔之类小动物上施展力量,意思是野鸡、野兔之类不值得一搏。

⑭ 岂敢:怎么敢。

⑮ 俄而:不一会儿。

⑯ 云际:云彩边上。凝翔:一门心思飞翔。

⑰ 鲜白:洁白。

⑱ 不辨其形:分不出它的形状。竦翻(sǒng hé):展翅。升:飞起。

⑲ 矗:直通。飞电:像飞快的闪电。

⑳ 须臾:一会儿。

㉑ 堕(duò):落下来。

㉒ 度(duó):估计。

㉓ 广:宽广,宽大。众莫能识:没有人能识别。博物君子:知识丰富,能辨识各种事物的人。

㉔ 大鹏雏(chú):传说中的大鹏的幼鸟。

㉕ 乃厚赏之:于是就重重地赏赐那个献鹰的人。

译过来

楚文王年轻的时候,很喜欢打猎。一次,有人献给他一只猎鹰。文王见它的脚爪锋利,神采焕发,根本不同于一般的猎鹰,因此,就特地带了它到云梦泽去打猎。打猎时,罗网张得层层叠叠,跟密布的乌云一样。烧草的黑烟,遮蔽了天空,地上的小野兽惊吓得四处逃散。这时,其他猎鹰、猎犬都竞相争着去捕捉鸟兽,只有这只鹰却伸着脖子,瞪着眼睛,不去捕捉猎物,连搏击的意思也没有。

楚文王对献鹰的人说:"我的那些鹰已经捕得了成百的野兽,而你献的鹰却没有一点要奋飞的意思。它竟是这样的不中用,你这不是打算欺骗我吗?"献鹰的人说:"我这只鹰本领非凡,专捉巨兽巨鸟。如果只能为捕捉野鸡、野兔效劳,我难道还敢献给大王吗?"

不久,只见云中有一个生物在专注地飞翔,它的色泽鲜明洁白。因为它飞得高,人们分辨不清它的形状。这只鹰看见了,就展翅冲天,腾空而上,快得就像闪电一样。不多一会儿,天空中羽毛像雪片一样飘落下来,血水像雨点一般洒了下来。接着,从空中掉下一只大鸟,量一量它的两只翅膀,竟有几十里长。大家都不认识它是只什么鸟。当时,有一位见识广、知识多的人对楚文王说:"这只大鸟就是大鹏的幼鸟。"于是,楚文王就重重地赏了那个献鹰的人。

帮你读

真正的雄鹰胸怀宽广、志向远大,乐于搏击长空,翱翔千里。对山鸡、野兔之类,它根本"无搏噬之志",只有那两翅"广数十里"的大鹏才是它的搏击目标,那苍茫的"云际"才是它的用武之地。

本文在写作上采用了一种虚实结合的手法。实,是具体的写,重在刻画鹰的形象,如"爪距神爽,殊绝常鹰","轩颈瞪目",具体写出了鹰的不同寻常;"辣翻而升,蠢若飞电",具体写出了鹰搏击大鹏鸟的雄姿。这些都是实写。

这只雄鹰同大鹏搏击的场面，作者没有直接具体地描写，是虚写。我们完全可以从"羽堕如雪，血下如雨"中，通过我们的联想，想像出在"云际"中激烈搏斗的情景，想像出那一场残酷的，令人惊心动魄的血战。

这种虚实结合的手法，使文章具有较大的容量，也有利于表现鹰的勃发英姿。作者没有写它是怎样用尖嘴利爪来击败大鹏的，但我们从大鹏鸟失败的惨状中就可以看出鹰的勇猛。因此，这只鹰给我们留下了很深的印象。

魏晋南北朝小说

鹦鹉救火

南朝（宋）·刘义庆

有鹦鹉飞集他山①，山中禽兽辄相爱重②，鹦鹉自念③："虽乐，不可久也。"便去④。

后数月，山中大火，鹦鹉遥见，便入水濡羽⑤，飞而洒之。天神言："汝虽有志意，何足云也⑥。"对曰⑦："虽知不能救，然尝侨居是山⑧，禽兽行善⑨，皆为兄弟，不忍见耳！"天神嘉感⑩，即为雨灭火⑪。

选自《宣验记》

 讲一讲

《宣验记》的内容，大部分是信佛而应验的故事。全书原有十三卷，现在只有三十五则故事。书的作者是刘义庆。（请参看《幽明录》的作者介绍）

① 集：鸟停在树上。他山：别处的山。

② 辄（zhé）：总是。爱重：爱护和尊重。

③ 念：想。

④ 不可久也：不可以长久在这里。去：离开。

⑤ 遥见：远远看见。濡（rú）羽：把羽毛沾湿。

⑥ 汝：你。这句是说，怎么谈得上灭火呢。

⑦ 对：回答。

⑧ 然：可是。尝：曾经。侨居：寄居。是：这。

⑨ 行善：做好事。

⑩ 皆为：都是。不忍见：不忍心看见（受难）。嘉感：赞美和感动。

⑪ 即为雨：马上下雨。

译过来

有一只鹦鹉从远方飞来了，停留在一座高山上。山中的飞禽走兽把鹦鹉当做贵宾来看待，它们总是相亲相爱，互相尊重。鹦鹉心想："这里的生活虽然很快乐，但终究不是我的家，不能长久地待下去了。"于是，它就离开这里飞走了。

过了几个月，这座高山突然烧起了大火。鹦鹉远远望见这可怕的情景，就飞到山下的溪水中，沾湿了身上的羽毛，然后飞到高山的上空，把身上的水珠洒落在正在燃烧的山林中。

天神看到这种情形，就告诫它说："你虽然有救火的愿望和意志，但是，你的力量太小了，对灭火是起不了什么作用的。"鹦鹉对山神说："我虽然知道自己的力量不能救灭山火。但是，我曾经在这座山上寄居过，飞禽走兽互相帮助做好事，都因为大家是兄弟姐妹，我不忍心看见它们遭到这样的灾难，要竭尽全力，扑灭山火。"

天神被鹦鹉的精神深深地感动了，于是，就命令马上下一场

魏晋南北朝小说

倾盆大雨,把大火扑灭了。

帮你读

这是一篇以动物为题材的作品。它通过鹦鹉的行动和语言,表现了它为扑灭山火竭尽所能的坚韧不拔的意志。

鹦鹉望见它曾经住过的高山上发生火灾时,它并没有袖手旁观,而是从遥远的地方飞来,"入水濡羽,飞而洒之"。山这么大,火这么旺,鹦鹉又是这么弱小,它沾湿在身上的一点点水,怎么能救得了这漫山遍野的大火呢?然而,鹦鹉想的是:这场大火,要使多少树木化为灰烬,要有多少像它一样的动物将葬身火海。为了解救遭难的兄弟姐妹,它要贡献出自己的全部力量,即使粉身碎骨也心甘心愿。

天神见到这种情形,告诫它,不要再做徒劳无益的事。然而鹦鹉斩钉截铁地回答天神:"虽知不能救","皆为兄弟,不忍见耳"。我们从中可以看出,鹦鹉是十分重义气的。山火固然很大,但鹦鹉坚韧不拔的意志比山火还要大。

虽然它深知自己的力量是单薄的,但是,它相信自己与山火的斗争一定能够取得最后的胜利。

这场力量悬殊的搏斗是悲壮的,鹦鹉以自己的行动和誓言感动了天神。天神下令降下大雨,扑灭了山火,斗争取得了最后胜利。鹦鹉的意志是坚强的,它的情操是高尚的,为救助他人而牺牲自己的精神是值得人们赞美的。

汉武帝微行柏谷

南朝（宋）·王俭

上微行至于柏谷①，夜投亭长宿②，亭长不内③，乃宿于逆旅④。逆旅翁谓上曰："汝长大多力，当勤稼穑⑤；何忽带剑群聚⑥，夜行动众？此不欲为盗，则淫耳⑦！"上默然不应，因乞浆饮⑧。翁答曰："吾止有溺⑨，无浆也！"有顷⑩，还内。上使人觇之⑪，见翁方要少年十余人⑫，皆持弓、矢、刀、剑，令主人妪出安过客⑬。妪归，谓其翁曰："吾观此丈夫，乃非常人也⑭；且亦有备，不可图也⑮。不如因礼之⑯。"其夫曰："此易与耳⑰！鸣鼓会众，讨此群盗，何忧不剋⑱！"妪曰："且安之⑲，令其眠，乃可图也。"翁从之。时，上从者十余人，既闻其谋，皆惧，劝上夜去。上曰："去必致祸⑳，不如且止以安之。"有顷，妪出，谓上曰："诸公子不闻主人翁言乎？此翁好饮酒，狂悖不足计也㉑。今日具令公子安眠无他。"妪自还内。时天寒，妪酌酒多与其夫及诸少年，皆醉。妪自缚其夫㉒，诸少年皆走。妪出谢客㉓，杀鸡作食。平明㉔，上去。是日还宫㉕，乃召逆旅夫妻见之。赐姬金千斤㉖，擢其夫为羽林郎㉗，自是惩戒，稀复微行㉘。时，丞相公孙雄数谏上，弗从㉙，因自杀。上闻而悲之，后二十余日，有柏谷之逼㉚，乃改殡雄㉛，为起坟冢在茂陵旁㉜。

选自《汉武故事》

讲一讲

王俭(425～489):字仲室,琅邪临沂(今山东省临沂市)人。他是南朝齐代的小说家。《汉武故事》是他编写的一部小说集,原有五卷,现存五十三则,内容是记叙有关汉武帝刘彻的故事。

① 上:古人对皇帝的专门称呼,这里指汉武帝。微行:隐藏身份,穿一般服装出门,就是私访,暗访。至于:到达。柏谷:长安附近的一个小镇。

② 投:到……地方住宿。亭长:汉朝时,在农村每十里设一亭,管理这一地区的人叫亭长。宿:过夜。

③ 内(nà):通"纳",接待,收留。

④ 于:在。逆旅:旅馆,客店。

⑤ 翁:老头儿。汝:你。长大多力:身材高大,力气又足。当:应该。勤:努力,尽力。稼穑(jià sè):泛指农事劳动。

⑥ 忽:忽然。群聚:凑集一伙人。

⑦ 动众:惊动大家。此不欲为盗:这不是想做盗贼。淫:邪恶活动。

⑧ 默然:默默无语的样子。不应:不回答。乞:要求给予。浆:饮料,这里指酒浆。

⑨ 止:就是"只"。溺(niào):尿。

⑩ 有顷:过了一会儿。

⑪ 还内:回到里面。觇(chān):从缝隙或隐蔽处偷看。

⑫ 要:通"邀",召集。

⑬ 主人妪(yù):老板娘,妪是老太婆。安:安顿。过客:过路

的客人。

⑭ 观:看。丈夫:古代对男子的通称。非常人:杰出的人物。

⑮ 且亦有备:而且他们有防备。图:图谋,指杀害他。

⑯ 因礼之:就趁着这个机会以礼相待他们。

⑰ 易与:容易对付。

⑱ 鸣鼓会众:敲起鼓召集众人。讨:讨伐。剋(kè):就是"克",战胜。何忧:愁什么。

⑲ 且安之:暂时稳住他们。

⑳ 令其眠:叫他们睡觉。乃可图也:才可以图谋做事。从之:听从了她的主意。时:这时。从者:随从的人。皆惧:都害怕了。夜去:乘天黑离开。致祸:招来灾祸。

㉑ 不如且止以安之:不如暂且留在这里,让他们放心。有顷:一会儿。言:说的话。狂悖(bèi):狂妄无知,违背道理。不足计:不值得计较。

㉒ 酌酒:倒酒。具令:保管叫。无他:没有别的事。缚(fù):捆绑起来。

㉓ 皆走:都逃跑了。谢:道歉。

㉔ 平明:天亮了。

㉕ 是日:当天。还宫:回到皇宫。

㉖ 赐:赏赐。金千斤:黄金一千斤。姬(jī):古代对妇女的美称。

㉗ 擢(zhuó):提拔。羽林郎:羽林是禁卫军,就是保卫皇帝的卫兵,羽林郎是禁卫军的军官。

㉘ 自是惩戒:从这件事引起警戒,不再去做。稀:减少。

㉙ 公孙雄:人名。数:许多次。谏:规劝君主改正过失。弗

从:不听从。

　　㉚ 逼:指危险的遭遇。

　　㉛ 改殡:重新装殓埋葬。

　　㉜ 为起:为他建造。茂陵:汉武帝的陵墓。汉朝的制度,皇帝一继位就要建造陵墓。坟冢:就是坟墓。

译过来

　　汉武帝有一次穿着一般人的衣服,秘密出访。当他走到柏谷地方的时候,天黑下来了,他就来到亭长家里借宿,亭长不知道是汉武帝来了,不肯接待,他就只好去住旅店。

　　旅店老板对汉武帝上下打量了一番说:"你个子高,力气大,应当好好地种庄稼,为什么忽然纠合一群人,带着武器,深更半夜到处活动惊动大家? 这不是想要做盗贼,明抢暗偷,那就是干邪恶的活动呀!"武帝听了沉默不语,没有回答。由于又饥又渴,他只是向老板要点酒喝,老板故意说:"我这里只有尿,没有酒!"

　　过了一会儿,老板转身回到里屋。武帝察觉有些问题,就叫人暗地里跟着他偷偷察看。只见店老板召集了十多个小伙子,手里都拿着弓、箭、刀、剑等武器,并叫老板娘出去安顿客人。老板娘出外照顾了一阵,回来对她丈夫说:"我看领头的这位男子汉,是个杰出的人物,而且他们也都有了准备,可不要打他们的主意。我看不如趁着这个机会客客气气地以礼相待吧。"她的丈夫不以为然地说:"这些人容易对付,我马上擂起鼓来,把众人召集起来,捉拿这股强盗,还怕制服不了他们?"老板娘说:"暂时先把他们安顿下来,让他们睡了觉,才可以动手。"老板觉得有道理，就听从了她的安排。

这时候，跟随武帝的有十几个人。他们已经听到店老板要动手捉拿他们的计谋，都很害怕，劝武帝趁着天黑快点逃走。武帝镇定自若地说："我们一走，必然会惊动他们，反而要招来灾祸，不如暂时先留在这里住下，还可以稳住他们的心。"

过了一会儿，老板娘出来跟武帝说："各位公子没有听到我那老头子所讲的话吗？我这个老头，喜欢喝酒，狂妄无知，不懂道理，你们不值得和他计较。今天晚上一定让各位公子安心地好好睡上一觉，决不会有其他的事情发生。"说完了话，老板娘便回到里屋去了。

当时，正是严冬季节，天气很冷，老板娘斟上酒，拿起酒壶，尽力多给老板和那帮小伙子倒酒喝，结果，把他们都灌醉了。老板娘亲自把老头子捆绑起来，那些小伙子一见也都吓跑了。她转身出来向武帝他们赔不是，并且杀鸡做饭招待他们。

天亮了，武帝离开了旅店，当天回到皇宫，就把旅店的老两口叫了来，召见了他们，赏赐给老板娘一千斤黄金，提拔她的丈夫当了禁卫军的军官。

由于这件事的教训，武帝从此提高了警惕，很少私下外出察访了。在这之前，丞相公孙雄曾多次向武帝提出意见，请他不要经常私下出行，可是武帝不听，于是公孙雄就以自杀作为劝告。武帝听到后很是悲伤。过来二十多天，就发生了柏谷的危险遭遇。于是，武帝就重新殡葬了公孙雄，为他修建了一个坟墓，就葬在自己的陵墓旁。

帮你读

本篇写汉武帝出宫私访柏谷遇险的惊险故事,文章的情节曲折生动,矛盾冲突激烈,像大海的浪涛,波澜起伏。

汉武帝开始就处在不利的环境中,天黑了,亭长不知道是皇帝来了,不肯接待,他们只好住进了旅店。没有吃的,也没有喝的,行动非常不便。旅店老板是个正直的人,对坏人有高度的警惕性,但是,他性格急躁,鲁莽,观察不细,只凭一时感觉就认定武帝是坏人,当面便告诫他要"当勤稼穑",指责他"不欲为盗,则淫耳",矛盾冲突就这样正面展开了。

汉武帝因为是私访,不便暴露身份,就用忍让来缓和矛盾。由于饥渴交加,不得已向店老板要一点酒喝,没想到,店老板竟然回答:"吾止有溺"。这种带有侮辱性的语言,并没有激怒武帝,反而使他平静下来了。从老板的话里,他已经听出其中一定有文章,马上派人跟踪。果然不出所料,店老板正召集十几个人准备对武帝采取行动,还要敲锣打鼓,集合更多的人。

在这一触即发的形势下,武帝的随从都吓坏了。他们纷纷劝武帝立即逃跑。在险恶的形势下,武帝临危不惧,表现了从容不迫的气概。他沉着地对随从说:"去必致祸,不如且止以安之。"是啊,天这样黑,人又这么少,不知地形,不明方向,是不能逃脱的。他的一席话,镇定了大家的情绪。

正当千钧一发的关键时刻,老板娘扭转了危险的局面。她是一个善良而精细的妇女,通过细致观察,她认为武帝是"非常之人",不是坏人。如果不阻止丈夫的鲁莽行动,一定会铸成大错。她知道丈夫的脾气，不能硬来，因此，她先采取缓兵的计策，劝说丈夫不要立即行动，因为武帝"亦且有备"。还出了主意"令其眠，乃可图也"。这样就赢得了时间和机会，灌醉了店老板和众少年，终于化险为夷。她还向汉武帝赔礼道歉，并杀鸡做饭给他们吃，圆满地解决了矛盾。

　　全文情节紧张、激烈、惊险，在矛盾冲突中，老板的正直和鲁莽，老板娘的善良和精细，武帝的机警和沉着，都生动地表现出来了。

蚁王报德

南朝（宋）·东阳无疑

吴富阳县有董昭之者①，尝乘船过钱塘江②。中央③，见一蚁著一短芦走④，一头回复向一头⑤，甚遑遽⑥。昭之曰："此畏死也。"因以绳系芦⑦，欲取著船头。船中人骂："此是毒螫物⑧，不可长，我当蹋杀之⑨！"昭之意甚怜此蚁。会船至岸⑩，蚁缘绳得出⑪。

其夜，梦一人，乌衣⑫，从百许人来⑬，谢曰："仆不慎堕江⑭，惭君济活⑮。仆是蚁王也；君有急难之日⑯，当见告语⑰！"

历十余年⑱，时江左所在劫盗⑲，昭之从余杭山过⑳，为劫主所牵㉑，系余杭狱㉒。昭之忽思蚁王之梦，结念之际㉓，同被禁者问之㉔，昭之曰："蚁云缓急当告㉕，今何处告之㉖？"有囚言㉗："但取两三蚁著掌中祝之㉘。"昭之如其言㉙，暮果梦乌衣人言云㉚："可急去㉛，入余杭山，天子将下赦㉜，今不久也。"于是便觉㉝，蚁啮械已尽㉞，因得出狱；过江，投余杭山㉟。旋遇赦㊱，遂得无他㊲。

选自《齐谐记》

讲一讲

东阳无疑：南朝宋代人，生平事迹和生卒年都不详。《齐谐记》是他编撰的一部志怪小说集，共七卷，现仅存十五则。

① 吴：三国时的吴国。富阳县：在今浙江省杭州市富阳县。有董昭之者：有个叫董昭之的人。

② 钱塘江：河流的名字，在浙江省杭州市附近。

③ 中央：指船航行到江中心。

④ 蚁：蚂蚁。著(zhuó)：附在。芦：芦苇。

⑤ 这句是说，蚂蚁走到了头，因无路可走，又回身走向另一头。

⑥ 遑遽(huáng jù)：惊慌，害怕。

⑦ 系(jì)：拴。

⑧ 欲取著：想取过来放着。毒螫(shì)：有毒能刺人的虫子。

⑨ 长：抚养。蹋(tà)：踩。

⑩ 甚怜：很可怜。会：正好。

⑪ 缘：沿着。得出：得以爬出。

⑫ 乌：黑色。

⑬ 从：跟从。许：表示大约的数量。百许人：一百多个人。

⑭ 仆：我，古人对自己的谦称。堕(duò)：掉下，落下。

⑮ 惭：惭愧。济：救助。

⑯ 急难：危急的情况。

⑰ 当：应当。告语：告诉。

⑱ 历：经过。

⑲ 江左：长江东岸。所在：地方。劫盗：抢劫的盗贼。

⑳ 余杭山：在今浙江省余杭县附近。

㉑ 劫主：被劫的人。牵：牵连。

㉒ 系：关押。

㉓ 结念:专心想念。际:时候。

㉔ 同被禁者:一起被关押的人。

㉕ 缓急:急迫的事。

㉖ 何处:向哪里。

㉗ 囚(qiú):监狱里的囚犯。

㉘ 但:只。著掌中:放在手掌上。祝:祷告。

㉙ 如其言:按照他的话去办。

㉚ 暮:晚上。

㉛ 急:赶快。去:离开。

㉜ 天子:皇帝。赦(shè):发布对犯罪的人免除刑罚的命令。

㉝ 觉:睡醒。

㉞ 啮(niè):咬。械:刑具。尽:完。

㉟ 投:投奔。

㊱ 旋:不久。

㊲ 无他:平安无事。

译过来

　　三国时期吴国的富阳县有一个叫董昭之的人,曾经坐船过钱塘江。当船航行到江心的时候,他忽然看见有一只蚂蚁附在一根很短的芦苇秆上面,随水漂流,它爬向芦苇秆的一头,因为无路可走,又回身爬向另一头,就这样来来回回地爬着,显得非常惊慌、害怕。董昭之就说:"它是害怕淹死啊。"于是,他就用一根绳子拴在芦苇秆上,放在船头上。船上的人们大声吵骂:"这是个能放毒、能刺人的虫子,不能再让它活着,我们应当踩死

它。"董昭之心里很可怜这只蚂蚁，正好赶上船靠岸了，人们都上岸了，董昭之才让蚂蚁顺着绳子爬上来，这样才使得蚂蚁逃出了险境。

这天夜里，董昭之做了一个梦，他梦见一个人，身穿黑色衣服，后面还跟着一百多人，来到他跟着向他道谢说："我不小心掉入江中，多亏您救活了我，可是我感到惭愧，我没有什么东西来报答您救我的恩情。我是蚂蚁国国王，您如果有了危急时刻，一定要告诉我，我会帮助您的！"

过了十多年，这时长江东岸一带有强盗出没。有一次，强盗正在抢劫的时候，董昭之外出正好从余杭山路过，被劫的人看见了他，就以为他也是强盗，告发了他。董昭之因而受到了牵连。被关押在余杭县的监狱里。这时，他忽然想起了那个蚁王当年给他托的梦。他正在专心想这件事的时候，关在监狱里的囚犯就问他在想什么。董昭之说："蚁王曾经说过，如果遇到急迫的事一定要告诉它，可是现在我到哪里去告诉它呢？"有个囚犯听了就说："只要拿几个蚂蚁放在手掌心中，然后再祷告，准能行。"董昭之就照他的话去做了。到了晚上，果然梦见一个穿黑衣服的人对他说："你赶快离开这里，一直到余杭山中去，先在那里避难。皇帝就要发布免除罪犯刑罚的命令，这离现在的时间不远了。"说到这儿，董昭之就醒了。这时蚂蚁已将他身上的枷锁刑具等都咬断了。于是，他逃出了监狱，渡过了钱塘江，投奔了余杭山。没有多久，就得到了皇帝发布赦罪的命令，董昭之也得到了赦免，他平安无事地回了家。

帮你读

　　小说描写董昭之和蚁王互相救助的全过程,是按事件发生的先后顺序来写的。这种写法如果不注意,容易使人感到枯燥呆板,但我们读这篇小说却没有这种感觉。作者在叙事中两次插入梦境,打破了一叙到底的写法,从而避免了平铺直叙,使文章产生了波澜,能够引人入胜。

　　再有,作者没有面面俱到,平均使用力量,而是注意了对材料的选择。董昭之救蚁王和蚁王救董昭之,在这两件事之间,相隔了十多年,这期间肯定还有许许多多的事情,但作者只抓住了与主题有关的这两件事来叙述,而对其他事情用"历十余年"一笔带过,这样重点就突出了。小说肯定善良,否定邪恶,表现了人民的善恶观,如果撇开"善有善报"的因素不谈,那么鼓励人们互相帮助,解救无辜者,无疑是有积极意义的。

志人小说

魏晋南北朝小说

小 气 鬼

魏·邯郸淳

汉世有人①，年老无子，家富，性俭啬②。恶衣蔬食③，侵晨而起④，侵夜而息⑤；营理产业⑥，聚敛无厌⑦，而不敢自用⑧，或人从之求丐者⑨，不得已而入内⑩，取钱十⑪，自堂而出⑫，随步辄减⑬，比至于外⑭，才余半在⑮，闭目以授乞者⑯。寻复嘱云⑰："我倾家赡君⑱，慎勿他说⑲，复相效而来⑳！"

老人俄死㉑，田宅没官㉒，货财充于内帑矣㉓。

选自《笑林》

 **讲一讲**

邯郸淳（131～约 222）：字子叔，三国时魏国的颍川郡（今河南省禹县）人。他是当时较有名的文学家。《笑林》是他编撰的一部书，内容是记载古代人物言行中的一些诙谐可笑的故事，以

及一些讽刺性的笑话。全书原有三卷，现已残缺不全。

① 汉世：汉朝。

② 俭啬（sè）：吝（lìn）啬，小气。

③ 恶衣：穿破破烂烂的衣服。蔬食：把蔬菜当做饭食，吃粗劣的食物。

④ 侵：渐渐接近。侵晨：天快亮的时候。

⑤ 息：睡觉。

⑥ 营理：经营，管理。

⑦ 聚敛：多方搜括聚集钱财。厌：即"餍"，满足。

⑧ 自用：自己使用。

⑨ 或人：有人。从之：跟随他。求丐（gài）：请求救济。

⑩ 不得已：无可奈何地。入内：走进他家里面的房间。

⑪ 钱十：十文钱。

⑫ 堂：正房。

⑬ 辄（zhé）：就。随步辄减：一边走，一边就往下抽减钱数。

⑭ 比：等到。外：正房的外面。

⑮ 才余半在：只剩下一半的钱在手上了。

⑯ 授：交给。乞者：请求救济的人。

⑰ 寻：随即，不久。复：又。

⑱ 倾家：把家里的钱财全部拿出来。赡（shàn）：资助。

⑲ 慎勿：千万不要。他说：告诉别人。

⑳ 相效：互相照着模仿。这句是说，别人知道以后，也会仿效你到我这请求救济。

㉑ 俄：不久。

㉒ 田宅：土地和房屋。没官：充公，被官府没收。

魏晋南北朝小说

阅读中华经典

115

㉓ 货财:财物。内帑(tǎng):国库,皇帝宫中的库房。

译过来

汉朝有这样一个人,年纪老了却没有儿女。他家里有很多钱,但是,为人非常吝啬,他身上老是穿着破破烂烂的衣服,吃的是粗劣的食物。每天早晨天还没亮,他就爬起来,一直到夜深了才睡觉,忙忙碌碌地经营家业,千方百计地积攒(zǎn)钱财。钱越多越不满足,所得的钱物自己又一点也舍不得用。

一天,有个人向他苦苦哀求给点救济。他无可奈何地到里屋拿了十文钱,从厅堂里慢慢走出来。他走几步就把手里攥(zuàn)着的钱扣除一个,塞到袖子里,等到了外面,手里只剩下了五个小钱。他心疼地闭起双眼,把钱递给了那个请求救济的人。随后,他又马上叮嘱那个人说:"我现在已经把自己的全部家产都拿出来救济你了。你可千万不要和别人说起这件事,免得他们学你的样子也来请求我救济。"

这个老吝啬鬼没有多久就死掉了。因为他没有继承人,他的田地、房地都被官府没收,金银财宝全部充入了国库。

帮你读

本文写了一个真正的吝啬鬼。作者用夸张的手法,把守财奴"聚敛无厌"的本性,刻画得入木三分。作者紧紧抓住他向"求丐者"授钱的细节,通过语言、行动、神态和心理活动来描写,这一段写得非常精彩。

小气鬼只拿出来十个小钱,这本来就少得可怜,且对他来说真是九牛一毛，微不足道的。但是，就是这几个钱，他却还不肯全部拿出来，"自堂而出，随步辄减"。等走到"求乞者"跟前，手里只剩下五个小钱了。这个动作描写，充分表现出他吝啬的本性。

小气鬼实在不忍心看到自己的钱被别人拿走，他心疼得要命，简直像割了他的肉，当递给"求乞者"时竟然双目紧闭——一副可鄙可怜的吝啬神态。这就生动地写出了他那种不好意思拒绝人，但又实在舍不得的心理。

"我倾家赡君，慎勿他说，复相效而来"，闭目而作叮嘱的这句话，勾勒了吝啬老头的可笑面目。本来，他是一个非常富有的大财主，给人的只不过是五个小钱，却说把自己的全部家产都拿来了，这进一步揭示他的本质特征：不仅吝啬，而且虚伪。

作者就这样多层次而又简洁地把贪财如命的小气鬼刻画得淋漓尽致，栩栩如生。

语言干净利落也是本文的一个特色，不论叙述，还是描写，大都采用四句一顿的句式，如"随步辄减"、"闭目以授"、"慎勿他说"，用词准确、简练，富有表现力。

这个故事揭露和嘲笑了剥削阶级的"为富不仁"和"吝啬贪婪"的阶级本质。结尾写小气鬼死后，财产被"没官"的可悲下场，表达了人民群众对这类人物的憎恨心情。

隐 形 叶

魏·邯郸淳

　　楚人居贫①，读《淮南方》②，得"螳螂伺蝉③，自障叶可以隐形④"，遂于树下仰取叶⑤，螳螂执叶伺蝉，以摘之，叶落树下；树下先有落叶，不能复分别⑥，扫取数斗。归，一一以叶自障，问其妻曰："汝见我不⑦？"妻始时恒答言⑧："见"，经日乃厌倦不堪⑨，绐云⑩："不见！"默然大喜⑪，赍叶入市⑫，对面取人物⑬，吏遂缚诣县⑭，县官受辞⑮，自说本末⑯。官大笑，放而不治⑰。

选自《笑林》

讲一讲

　　① 楚：楚国，在今湖南、湖北一带。居贫：家境贫穷。

　　②《淮南方》：书名，相传是汉朝淮南王刘安编的一部方术之书，今已失传。刘安喜好神仙之术，相传有白日升天的说法。

　　③ 伺(sì)：探察。自障叶：用来遮挡自己的树叶。

　　④ 隐形：隐蔽形状。

　　⑤ 遂：就。仰：仰起头观察。取：寻找。

　　⑥ 复分别：再分清。

⑦ 一一以叶自障：把树叶一片一片拿来遮住眼睛。不(fǒu)：同"否"。汝见我不：你看见我没有。

⑧ 始时：开始的时候。恒：总是，常常。

⑨ 经日：经过一天之后。厌倦不堪：被问得不耐烦了，不愿意再回答了。

⑩ 绐(dài)：哄骗。

⑪ 默然：沉默不语的样子。

⑫ 赍(jī)：带着。市：做买卖的地方。

⑬ 对面：当面。取人物：拿别人的东西。

⑭ 吏：官吏。缚：捆绑。诣(yì)：到。

⑮ 受辞：接受口供。

⑯ 自说本末：楚人自己讲事情从头到尾的经过。

⑰ 放：释放。不治：不治他的罪。

译过来

有一个楚国人，家里很穷。有一次他读到《淮南方》的古书，看见书上说得到"螳螂准备捕蝉时遮挡自己的那片树叶子，就可以用来隐蔽人的形体"。他灵机一动，就跑到树下，整天仰起头寻找这种叶子。这时，恰巧有只螳螂钳(qián)着一片树叶遮住它的身体，在探察前面的一只蝉，正要去捕，楚人连忙用手去摘这片叶子，可是一把没抓住，这片叶子掉在树下，而树下原来就有很多落叶，没法再分辨出来。楚人干脆用扫帚把树下的落叶扫了好几斗。回家后，他一片一片地试验。每拿起一片树叶，遮挡着自己的身体的时候，他就问妻子："你看见我没有？"妻子开始总是回答说:"看得见。"就这样经过一整天的折腾,妻子被问得实在不耐烦了,就哄骗他说:"看不见!"这时,他简直欢喜得连话都说不出来了,马上就带着这片树叶跑到集市上,当着卖东西人的面,拿别人的东西,人家立即就抓住了他。地方官就把他捆绑起来,送到县衙去。县官立即坐堂审讯,听取他的口供。楚人自己把事情的经过从头到尾地说了一遍,县官听了忍不住哈哈大笑,就把他释放了,并没有治他的罪。

帮你读

本篇写了一个楚国人不务正业,误信古书,想靠邪门歪道发财所闹出的一场笑话。

作者构思巧妙,情节富有戏剧性:先写楚人"仰取叶",找到了书上说的那样的叶子,想"摘之";忽而又写叶落树下,而"先有落叶,不能复分别",文章就产生了波澜。由此,又自然引出"扫叶"和"问妻"的情节。而"问妻"中更安排了一个以假当真的误解,终于导致令人发笑的结尾,增加了讽刺效果。读完全文,使人看到了一个妄想学会"隐身术"以便公然偷取别人资财的愚夫形象。

楚人犯罪的直接原因是他被个人利益这片树叶遮挡了双眼,利欲熏心;间接原因是受了坏书的毒害和引诱,企图借助迷信方术来获取别人的财物。故事告诫人们:读书要注意辨别它的真伪好坏,改变贫穷地位一定要走正路,千万不能干损人利己的事。

截竿入城

魏·邯郸淳

　　鲁有执长竿入城门者①,初竖执之②,不可入③;横执之,亦不可入,计无所出④。俄有老父至⑤,曰:"吾非圣人,但见事多矣。何不以锯中截而入⑥?"遂依而截之⑦。

选自《笑林》

 **讲一讲**

　　① 鲁:鲁国,在现在山东省西南部。执:拿着。

　　② 初:开始。竖执:立着拿。

　　③ 不可:不能够。

　　④ 横执:横着拿。计无所出:想不出什么办法来。

　　⑤ 俄:一会儿。老父:老人。至:到。

　　⑥ 中截:从当中截断。

　　⑦ 遂:就。

 **译过来**

　　鲁国有个人,拿着一根长竹竿要进城门。他先是竖着拿竹

竿,被城门洞挡住进不去;又横着拿,被两边城墙卡住了,还是进不去。他挖空心思,想不出进城的好办法了。

　　过了一会儿,有一个老头走到这来,对他说:"我虽然不是圣人,但是,我见过的事多着哩,你为什么不用锯把竹竿从中间截断,拿进城去呢?"拿竹竿的人很佩服老头的高见,就照着他说的办法,竟然把竹竿锯成两截,然后拿进了城门。

帮你读

　　这则故事的讽刺矛头,主要指向了那些愚蠢透顶而又自作聪明的人。

　　拿长竿进城的人,思想僵化,受骗上当,在所难免。但更加愚蠢可笑的却是那位自以为是,替别人出馊(sōu)主意的"老父"。他认为自己年纪大,"见事多矣",近似"圣人",因此,就冒充内行,好为人师,教导别人"截竿入城",真是害人不浅。只有愚笨的人,才会听信这种"老父"的话,把"所执长竿""依而截之"。凡是有一点头脑的人,谁会办这种傻事呢?这位"老父"貌似博学,而遇到实际问题时就只会胡出主意,实在是个"大草包"。

魏晋南北朝小说

曹操捉刀

晋·裴启

魏武将见匈奴使^①，自以形陋^②，不足雄远国^③，使崔季圭代当之^④，乃自捉刀立床头^⑤。

事既毕^⑥，令间谍问曰^⑦："魏王何如^⑧?"使答曰："魏王信自雅望非常^⑨，然床头捉刀人，此乃英雄也!"魏王闻之^⑩，驰遣杀此使^⑪。

选自《语林》

讲一讲

裴启：字荣期，东晋河东郡（今山西永济西）人，生平事迹和生卒年都不详。《语林》是他编撰的一部志人小说集，主要记载了汉魏以来人们在言语应对方面的遗闻轶事。

① 魏武：三国时期的魏武帝，就是曹操。匈奴：古代北方的游牧民族。使：使节。

② 以：以为，认为。形陋：相貌丑陋，不好看。

③ 雄：称雄，显示威武。雄远国：在外国使者面前显示威武。

④ 使：指派。崔季圭(guī)：就是崔琰(yǎn)，字季圭，曾经在曹操手下做过尚书。代：代替自己。

⑤ 捉刀：拿着刀。床：古代的一种坐具。

⑥ 事既毕：会见已经完毕。

⑦ 间谍：派出去刺探消息，侦察情况的人，又叫细作，侦探。问：是指问匈奴的使者。

⑧ 魏王：指曹操。何如：怎么样。

⑨ 信：确实。雅望非常：美好的声望不同寻常。

⑩ 闻之：听到这样的话。

⑪ 驰遣：派人骑马快追。

译过来

魏武帝曹操准备接见匈奴派来的使者，他认为自己长得不好看，不能够向远方的国家称雄，于是，就叫体形魁伟、面容俊秀的崔季圭来代替自己，而他自己却装作随从，拿着刀站在崔季圭座位旁边。

接见仪式已经结束了。曹操派一个侦探去探问匈奴的使者："你看魏王这个人怎样？"匈奴使者回答说："魏王仪表堂堂，美好的声望不同寻常，真叫人敬仰。不过，站在他座位旁边拿刀的人，他才是真正的英雄啊！"曹操听了那个侦探的回报以后，就马上派人骑马去追杀了匈奴使节。

帮你读

本文只有六七十字，但是，却勾画出曹操的"奸雄"嘴脸。文章是通过曹操在召见匈奴使节时，采取"移花接木"的手段表现他的性格的。

魏晋南北朝小说

据《魏氏春秋》记载,曹操"姿貌短小",也就是说,他是个小个子。文章开始就描写了他因为自己容貌丑陋,自愧不能称雄于人的心理。曹操为了维护自己的威严,掩盖长相上的缺陷,竟让手下人冒充自己出头露面去接见匈奴使者,但他自己又不放心,又拿刀立在旁边充当随从,监视着匈奴使者一举一动。这就表现出他奸诈的性格。

据《三国志·魏志》记载,崔季珪"声姿高扬,眉目疏朗,须长四尺,甚有威重"。也就是说他眉清目秀,声音洪亮,胡须有四尺长,长得一表人才。让他代替魏王是再好不过了。

这是曹操费尽心思亲自选中的人。召见仪式后,本来事情已告结束,不会再有什么问题,可是曹操还是放心不下,生怕自己"移花接木"的把戏露出马脚,担心匈奴使者有可能识破真相,因此,他赶紧派人去试探匈奴使者,这表现了他疑心重、猜忌心强的心理特点。

果然不出曹操所料,匈奴使者是一个目光敏锐的人,他一眼就看出了曹操的鬼把戏,"魏王信自雅望非常,然床头捉刀人,此乃英雄也"。话中有话,弦外有音,仪表堂堂的假魏王仅仅是外貌美罢了,而气度非凡的"捉刀人"才是真正的英雄。当曹操得知这一消息后,发现这可能会损害自己的尊严。他怕那匈奴使者回国后说自己没有帝王气概,于是便恼羞成怒,露出了杀机,立刻派人去将匈奴使者杀了。其实,即使匈奴使者破了曹操的计谋,对曹操来说也是没有什么损害的,但他还是下了毒手,从这里我们可以更清楚地看出曹操性格的残忍。

这个故事在后世很流行,后人把代人做事叫做"捉刀",把代替别人做文章也称为"捉刀"。

何充正义直言

晋·郭澄之

　　王含为庐江①，贪强狼藉②。王敦欲护其兄③，故于众坐中称："家兄在郡，为政定善④？庐江人咸称之⑤。"时何充为主簿⑥，在座，正色⑦曰："充即庐江人，所闻异于此⑧。"敦默然。傍人为之反侧⑨，充神意自若⑩。

选自《郭子》

讲一讲

　　郭澄之：字仲静，东晋太原阳曲（山西省）人，生平事迹和生卒年都不详。《郭子》是他编撰的一部志人小说集，原有三卷，现已残缺不全，内容和《语林》相似。

　　① 王含：字处弘，琅邪临沂（今山东省临沂市）人。他为人凶暴，凭借弟弟王敦的势力而飞黄腾达，后来因为反叛被杀。庐江：在今安徽省庐江县西南。为庐江：担任庐江郡的行政长官。

　　② 贪强：贪财霸道。狼藉：用狼窝中草的杂乱来形容人的名声极坏。这句是说，王含贪财胡为，在庐江郡名声极坏。

　　③ 王敦：字处仲，晋元帝的时候做镇东大将军。护：袒护。

④ 故于：于是在。称：宣称。为政：从事政治活动。定善：一定很好。

⑤ 咸：都。称：称赞。

⑥ 何充：字次道，做过王敦的文书。因为没有给王含说好话，得罪了王敦，后来被贬了官。王敦反叛被杀后，何充做了宰相。主簿：主管文书簿籍的官员。

⑦ 正色：面容严肃，庄重。

⑧ 异于此：不同于这种说法。此：指王敦袒护他哥哥的话。

⑨ 默然：默默不语的样子。反侧：翻来覆去，形容人坐立不安。

⑩ 神意：神气。自若：自如。

译过来

王含在庐江做官，贪得无厌，横行霸道，名声极坏。大将军王敦想利用自己的权势袒护他哥哥，有一次，王敦故意在众人集会时说："我哥哥在庐江做官，政事一定做得很好吧？庐江人都称赞他。"

当时何充也在座，他是王敦的文书。他神情庄重地说："我就是庐江人，我听到的跟您说的截然不同。"王敦听了哑口无言，心里很不高兴，周围的人都很尴尬（gān gà），也有一些人为何充捏了一把汗，大家都坐立不安。可是，何充神态自然，好像什么事也没发生似的。

魏晋南北朝小说

魏晋南北朝小说

帮你读

本文写何充不畏权势，当场揭穿王敦袒护他哥哥的骗人话，赞扬了何充刚正不阿的品质。

文章在用词方面很有独到之处，如用"默然"、"反侧"、"神意自若"三个词，恰当地表现出当时在场的三种不同人物的不同神情。

王敦自以为实权在握，在众人面前，故意吹捧声名狼藉的哥哥，他认为一定会得到所有人的附和。但想不到，竟然是自己的部下，当场揭破了他的谎言。他想发怒，又怕有损于"大将军"的风度；要争辩，又觉得事实确凿，铁证如山，无话可说。作者选择"默然"一词恰到好处，真切地表现了王敦的复杂心理，使人好像看到了王敦当时的窘迫神态。

王敦当时揽军政大权，声势显赫。不少人溜须拍马，想借此升官发财，也有一些人害怕王敦，只得随声附和。何充当时不过是王敦手下的一个文书，在座的人们万万没有想到，正是他敢于冲撞自己的顶头上司，当面拆王敦的台。人们都感到意外，也有人为他担心，不知道王敦要如何反应。一时气氛紧张。人心惶惶，众人坐立不安，作者用了"反侧"这一词语，逼真地反映了当时众人不安的心理状态。

何充富于正义感，胆魄过人，"神意自若"一词突出地表现了他刚正不屈，不怕得罪当权者的高贵品质。在那种特定的环境下，尽管只有他一个人仗义执言，但他的心情是十分坦然的。作者虽然只用了四个字，但却把人物的性格特点表露出来了。

王昭君

晋·葛洪

元帝后宫既多①,不得常见,乃使画工图形②,案图召幸之③。诸宫人皆赂画工④,多者十万,少者亦不减五万⑤。独王嫱不肯⑥,遂不得见⑦。

后匈奴入朝,求美人为阏氏⑧。于是上案图⑨以昭君行⑩。及去⑪,召见,貌为后宫第一,善应对⑫,举止娴雅⑬。帝悔之,而名籍已定⑭,帝重信于外国⑮,故不复更人⑯。乃穷案其事⑰,画工皆弃市⑱。籍其家⑲,资皆巨万⑳。

画工有杜陵毛延寿㉑,为人形㉒,丑好老少,必得其真㉓。安陵陈敞㉔,新丰刘白㉕、龚宽,并工为牛马飞鸟众势㉖,亦消人形好丑,不逮延寿㉗。下杜阳望亦善画㉘,尤善布色㉙。樊育亦善布色。同日弃市。京师名画工,于是差稀㉚。

选自《西京杂记》

讲一讲

《西京杂记》是一部历史小说集,内容是记载汉代人遗闻轶事、风俗典制和一些怪诞的传说。西京,就是西汉的京城长安。

全书原为两卷，现有一百二十九则。关于它的作者，一直有不同看法，现在一般认为是葛洪所著。（请参看《抱朴子》的作者介绍）

① 元帝：西汉的皇帝，名叫刘奭（shì）。后宫：是皇帝妃嫔居住的宫殿，这里是指妃嫔。古代的皇帝可以娶许多妻子，正妻就是皇后，次一等的是妃，再次一等的是嫔。

② 不得：不能。画工：画画的工匠。图形：绘画容貌。

③ 案：就是"按"，按照。幸：指得到皇帝的宠爱。之：她。

④ 诸：众。宫人：宫女。赂（lù）：用财物买通。

⑤ 亦：也。不减：不低于。

⑥ 独：只有。王嫱（qiáng）：就是王昭君。秭（zǐ）归（今湖北省秭归县）人，汉元帝十六年嫁给匈奴呼韩邪单于。

⑦ 不得见：不能得到元帝的召见。

⑧ 阏氏（yān zhī）：匈奴单于的妻子。

⑨ 上：指汉元帝。

⑩ 以昭君行：把王昭君送到匈奴去。

⑪ 及去：等到临走的时候。

⑫ 貌为后宫第一：容貌在后宫中数第一，最美丽。善应对：善于应酬答对。

⑬ 举止：指姿态和风度。娴（xián）雅：文静优雅。

⑭ 名籍：名册，这里是人选。

⑮ 重信：注重信用。

⑯ 故不复：所以不再。更人：换人。

⑰ 穷案：彻底追查。其事：指故意把王嫱画丑这件事。

⑱ 弃市：在市中斩首，将尸体暴露在街头。

⑲ 籍：籍没，没收所有财产。

⑳ 巨万：形容钱财数目极大。

㉑ 杜陵：汉朝的县名。现在陕西省西安市附近。

㉒ 为人形：画人物的容貌形体。

㉓ 丑好老少：丑的、美的、老的、少的。必得其真：一定能画得逼真。

㉔ 安陵：汉朝的县名，在今陕西省咸阳市附近。

㉕ 新丰：汉朝的县名，在今陕西省临潼县东。

㉖ 工：擅长。众势：指牛马飞鸟的各种姿态。

㉗ 人形好丑：画的人图形美丑。不逮（dài）：赶不上，不及。

㉘ 下杜：地名，在杜陵附近。

㉙ 尤：特别。布色：着颜色。

㉚ 京师：京城。差稀：比较稀少。

译过来

汉元帝的后宫里，妃嫔宫娥非常多。元帝不能常常见着她们。于是就叫画师把她们的像画下来，他再按着图像挑选自己所中意的人加以宠爱。因此，所有的宫女们都想方设法贿赂画师，送礼送得最多的达到了十万贯钱，最少的也不低于五万贯。只有王昭君不肯去贿赂，画师就故意把她的像画得最不像样子，她也就一直没有机会得到元帝的召见。

后来，匈奴的使者来朝见汉天子，请求元帝选一个美女给匈奴单于做妻子。于是，元帝按照图像一个一个仔细挑选，决定把图像中不太美丽的王昭君送给匈奴。

等到王昭君临走的这一天，元帝按照礼仪规定召见她。这时，元帝才发现王昭君容貌惊人，是后宫中的第一美人。而且她还善于应酬答对，举止端庄高雅，姿态也极为文静。元帝心里十分后悔，可是名册已经确定。元帝对匈奴是重视信誉的，所以不能再用别人换了。

昭君去匈奴后，元帝就下令彻底查清这件事。结果，把接受贿赂的画师们都绑赴闹市处死了，还没收了他们全部家产。这些画师家里都有成千上万的钱财。

画师里有个杜陵人，叫毛延寿，他特别善于画人像，不管是丑的、美的，或者是老的、少的，他一定能够画得十分逼真。还有安陵人陈敞，新丰人刘白、龚宽都善于画牛马飞鸟的种种姿态，但画人物像的技艺不如毛延寿。还有下杜的阳望也很能画，特别善于上颜色。还有一个画师樊育也善于着色。汉元帝查明他们有受贿的事，就在同一天于闹市中将他们处了死刑。从此以后，京城里的画师就少了。

帮你读

这是一篇关于王昭君出塞，远嫁匈奴的故事。王昭君是一个聪明、美丽的女子，"貌为后宫第一"而且"举止娴雅"，才思敏捷，"善应付"。她的相貌和才华是皇宫里所有的女子都比不上的。在封建社会里，能够得到皇帝的宠爱，那是宫女们梦寐以求的事。因此，所有的宫女都去贿赂画师，送的礼钱多的竟达十万贯，希望自己的画像能被皇帝看中。

像王昭君这样的条件，只要她送给画师一些钱财，把自己的像画得好，那是很容易得到皇帝的宠幸的。但是她有磊落的性格，十分鄙视贪财作假的画师，不肯行贿。她为人正直，不喜欢逢迎拍马，对汉元帝也不屑一顾，性格非常倔强。后来皇帝"悔之"，她也不留恋，毅然启程出塞，为发展汉族和匈奴的友好关系做出了贡献。

这个故示也揭露了封建帝王的荒淫腐朽。画工弃市还反映了封建君主的凶残。

关于昭君出塞的故事，长期以来，在人民群众中广泛流传，成为后世诗歌、小说、戏曲等文艺创作的常用题材。

司马相如卓文君

晋·葛洪

　　司马相如初与卓文君还成都①，居贫愁懑②，以所着鹔鹴裘就市人阳昌贳酒③，与文君为欢④。既而文君抱颈而泣曰⑤："我生平富足，今乃以衣裘贳酒⑥。"遂相与谋⑦，于成都卖酒。相如亲着犊鼻裈涤器⑧，以耻王孙⑨。王孙果以为病⑩，乃厚给文君⑪，文君遂为富人。

　　文君姣好⑫，眉色如望远山⑬，脸际常若芙蓉⑭，肌肤柔滑如脂⑮。十七而寡⑯，为人放诞风流⑰，故悦长卿之才而越礼焉⑱。

选自《西京杂记》

讲一讲

① 司马相如：字长卿，成都人，汉朝著名的文学家。卓文君：临邛（qióng）（今四川省邛崃县）人，大商人卓王孙的女儿。司马相如到卓王孙家赴宴，弹奏琴曲向卓文君传达爱情，卓文君在夜间私自逃到司马相如那里，两个人一起回到了成都。

② 居贫：生活贫困。懑（mèn）：烦闷。

③ 着（zhuó）：穿。鹔鹴裘（sù shuāng qiú）：用鹔鹴鸟的羽毛制成的皮毛衣服。就市人：到商人那里。贳（shì）：赊，欠，用物品做抵押。

④ 为欢：取乐。

⑤ 既而：一会儿。颈：脖子。

⑥ 衣（yì）：穿。这句是说，现在竟然沦落到拿所穿的皮衣换酒喝的地步！

⑦ 谋：商量。

⑧ 于：在。犊鼻裈（dú kūn）：长不过膝的小围裙。涤器：洗刷酒器。

⑨ 以耻王孙：相如夫妇故意用卖酒来羞辱卓王孙，因为当时开小铺卖酒被看做是低贱的事。

⑩ 果：果真。病：耻辱。

⑪ 厚：多多的。给：供给，这里指给钱财。

⑫ 姣（jiāo）好：美好。

⑬ 这句是说，眉毛的颜色像远远望去的山峦一样的青黑。

⑭ 脸际：脸面上。芙蓉：荷花，因颜色白中透红，古时常用来

形容美貌女子的面颊。

⑮ 柔滑：柔软，光滑。脂：油脂。

⑯ 寡：女人死了丈夫叫寡。

⑰ 放诞（dàn）：行为放纵，不守封建礼教所许的规范。风流：有才学，不受礼法的约束。

⑱ 悦：喜爱。长卿：司马相如的字。越礼：超出封建礼法的范围，指卓文君私奔而说的。

译过来

司马相如同卓文君相爱，一起回到了家乡成都。当时司马相如家里很穷，他内心非常忧愁苦闷。于是，他就把自己所穿的一件用鹔鹴鸟的羽毛织成的皮大衣脱下来，拿到商人阳昌的店铺里抵押，用来换酒喝。司马相如和卓文君一起饮酒取乐，酒喝了不一会儿，卓文君双手抱住司马相如的脖子，哭着说："我一直过着富裕的日子，没想到今天，竟会落到用穿着的皮衣去赊酒的地步！"于是，两个人一起商量在成都开了个小酒店，司马相如亲自系着小围裙洗刷喝酒用具。他们这样做的目的是为了让卓文君的父亲卓王孙的面子上难堪。卓王孙果然感到羞耻，他怕丢人，只好拿出许多钱给女儿卓文君，卓文君顿时变成了富人。

文君的容貌很美丽，弯曲的两道眉毛好像远远望去的山峦一样青黑；脸庞儿好似出水的荷花一般，娇艳俊美；肌肉柔嫩，皮肤像油脂一样滑润细腻。她十七岁时死了丈夫，但她性情活泼，喜爱活动，潇洒大方，很有才学。所以，她才喜爱司马相如的才华，不顾世俗的偏见，大胆冲破礼法束缚，和他结合了。

 帮你读

这是一个著名的恋爱故事。富家女卓文君大胆冲破封建礼教的束缚，实现了婚姻自主的愿望，与司马相如结为夫妇，他们开设小酒店，捉弄卓王孙，得到了他的财产。卓王孙为了顾全自家的体面，被迫和女儿妥协，这正反映了封建礼教的脆弱性和虚伪性。故事曲折生动，富有情趣。司马相如与卓文君开店卖酒的故事，是后世戏曲、小说常常采用的题材。

本文在人物肖像描写上很出色。例如在描绘卓文君的眉毛秀丽时用"如望远山"，弯弯的双眉看上去好像一道青碧色的山脉，这就是所谓的"远山眉"；在比喻她的面颊时用了"常若芙蓉"，像出水荷花的颜色那样，白中透红，十分鲜艳；在形容她的皮肤时用了"柔滑如脂"，像油脂一样油润光滑。这出色的肖像描写，一连串的比喻，把"文君姣好"的特征突出地表现出来了。它使读者通过联想，对小说所描绘的卓文君有了一个更具体、更真切的印象，仿佛我们面前就站着这样一位美如天仙的姑娘。

作者这样描写不只是为了画出她的肖像，更重要的是让读者对卓文君的身份、性格有个基本认识。她虽然年轻貌美，但遭遇不幸，"十七而寡"，可她并没有屈服命运的摆布，不愿受封建伦理道德的束缚，"放诞风流"而"越礼焉"。她爱上了穷书生司马相如，和他弃家私奔，去过贫贱的恩爱生活。她的容貌是美丽的，行为是大胆的，情操是高尚的。卓文君藐视封建礼法，争取自由、幸福的爱情生活，这在当时是有进步意义的。

魏晋南北朝小说

凿壁偷光

晋·葛洪

匡衡，字稚圭①，勤学而无烛，邻舍有烛而不逮②，衡乃穿壁引其光③，以书映光而读之④。

邑人大姓文不识⑤，家富多书，衡乃与其佣作⑥，而不求偿⑦。主人怪而问衡，衡曰："愿得主人书遍读之。"主人感叹，资给以书⑧，遂成大学⑨。

衡能说《诗》⑩，时人为之语曰⑪："无说《诗》，匡鼎来⑫；匡说《诗》，解人颐⑬。"鼎，衡小名也。时人畏服之如是⑭，闻者皆解颐欢笑⑮。

衡邑人有言《诗》者，衡从之⑯，与语质疑⑰，邑人挫服⑱，倒屣而去⑲。衡追之曰："先生留听，更理前论⑳。"邑人曰："穷矣㉑。"遂去不反㉒。

选自《西京杂记》

讲一讲

① 匡衡（kuàng héng）：东海（今山东省苍山县兰陵镇）人，他是汉朝的著名学者，汉元帝时，当过丞相。

② 不逮(dài)：不及，不到，指烛光不能照到。

③ 乃：就。引其光：把隔壁的光亮引过来。穿：凿通。

④ 映：照。

⑤ 邑人：同一个县的人。大姓：有钱有势的人家。文不识：人名。

⑥ 佣(yōng)作：受人雇用干活。

⑦ 偿：报酬。

⑧ 遍读：把书都读完。资给：供给。

⑨ 成：学成。大学：渊博的学识。

⑩《诗》：就是《诗经》。

⑪ 时人：指儒生，就是念书的人。为之：因为这事。

⑫ "无说《诗》"两句：谁也不要在这里讲《诗》，因为匡衡就来了。意思是你们谁也比不上他。

⑬ 颐(yí)：面颊。解人颐：使人脸上出现笑容。

⑭ 这句是说，当时人们都敬畏、佩服匡衡到了这样的地步。

⑮ 闻者：听匡衡说《诗》的人。

⑯ 从之：跟着他。

⑰ 与语：和他谈论。质疑：提出疑问。

⑱ 挫服：因为不能回答疑问，受到挫折，向对方表示佩服。

⑲ 屣(xǐ)：鞋。倒屣：就是倒穿鞋。古时候，人们坐在席子上，所以都要把鞋脱掉。这句是形容那个人回答不上来匡衡的疑问，心情慌乱地站起来，来不及把鞋穿正，倒穿着鞋就走了。

⑳ 留听：停下来听。更理前论：再探讨一下前边讲过的内容。

㉑ 穷：完。指理屈词穷，无话可说了。

魏晋南北朝小说

㉒ 反：就是"返"，回来。

译过来

匡衡，字稚圭。他从小就勤奋好学，但家中贫困，买不起蜡烛。隔壁人家晚上用蜡烛，但光亮不能隔墙照到他家里。匡衡就在墙壁上凿出一个小洞，把别人家的烛光引过来，自己就借邻家这点烛光来读书。

县里有个富人叫文不识，家里有很多钱，收藏的书籍也很多。于是，匡衡就去给文家当雇工，而不要工钱。主人很奇怪，就问他为什么要这样，匡衡说："我只希望能读完您所有的藏书。"主人很受感动，就把书借给他读。匡衡如饥似渴地读书，学习，终于成为一个学识渊博的人。

匡衡能够讲解《诗经》。当时的读书人对他评价说："谁也不要在这儿随便讲解《诗经》，因为匡衡快要来了。"听匡衡解说《诗经》，人们都会笑容满面。"鼎"这个名字，是匡衡幼年时的小名。当时的人们对匡衡确实佩服得五体投地，只要听到他讲《诗经》，大家都感到无比高兴，欢笑不止。

在匡衡的家乡，也有一位先生常给人们讲解《诗经》。匡衡就去找他提出许多问题，和他讨论。这位先生不能回答匡衡提出的问题，甘拜下风，倒穿着鞋就跑了。匡衡追上他说："先生留下来听我说，我们再继续讨论前面的问题吧！"这位先生惭愧地说："我实在没有什么好讲的了。"于是，他就连头也不敢回地走了。

帮你读

　　在我国历史上,有不少出身贫苦,但由于刻苦好学而成为著名学者的人。汉朝匡衡就是其中的一个。匡衡小时候,家里贫穷,买不起书和蜡烛,可是,他想方设法为自己创造学习的条件,他珍惜夜晚时间,又用自己的劳动换取有钱人家的书籍"遍读之"。这种精神在当时博得人们的赞扬和钦佩,在今天也值得少年朋友引为楷模。

　　这篇文章在写作上把直接描写和间接描写结合起来,交相映衬,互相补充。前两个故事是直接描写。如"凿壁偷光",为人帮工而不要报酬,只求借书读等,都是直接描写匡衡在艰苦环境中勤学不倦的精神。

　　后两个故事是间接描写的。第一个通过当时读书人的四句歌谣,点出了人们对匡衡的敬重和欢迎,烘托了匡衡的学识渊博。而他的学识,正是由勤学获得的。第二个通过另一个说《诗》人的慌乱的动作,似是而非的答话,暗中衬托出匡衡渊博的学识,表现了匡衡寻根穷底的钻研精神。这两个故事虽然简单,却生动地介绍了匡衡勤奋好学所达到的水平。这种富有活力的写法,充分说明了魏晋时期小说文笔的精妙。

浪子成才除三害

南朝（宋）·刘义庆

周处年少时①，凶强侠气②，为乡里所患③。又义兴水中有蛟④，山中有邅迹虎⑤，并皆暴犯百姓⑥，义兴人谓为"三横⑦"，而处尤剧⑧。

或说处杀虎斩蛟⑨，实冀三横唯余其一⑩。处即刺杀虎，又入水击蛟。蛟或浮或没⑪，行数十里⑫，处与之俱⑬。经三日三夜，乡里皆谓已死⑭，更相庆⑮。竟杀蛟而出⑯，闻里人相庆⑰，始知为人情所患，有自改意⑱。

乃入吴寻二陆⑲。平原不在⑳，正见清河㉑，具以情告㉒，并云："欲自修改㉓，而年已蹉跎㉔，终无所成㉕。"清河曰："古人贵朝闻夕死㉖，况君前途尚可㉗。且人患志之不立㉘，亦何忧令名不彰邪㉙？"处遂改励㉚，终为忠臣孝子㉛。

选自《世说新语》

讲一讲

《世说新语》是一部志人小说集，原名叫《世说》，又叫《世说新语》。全书共三卷，分为三十六篇，内容是记载从汉代到晋代

一些文人名士的言行与轶事。是魏晋南北朝志人小说的代表作。它的作者是刘义庆。（请参看《幽明录》的作者介绍）

① 周处(chǔ)：字子隐，阳羡（今江苏省宜兴县南）人，西晋的时候担任新平太守，后来又升为御史中丞。

② 凶强侠气：凶恶而强暴，喜好打抱不平。

③ 这句是说，被家乡人认为是祸害。

④ 义兴：地名，在今江苏省宜兴县。蛟(jiāo)：是古代传说的一种能发洪水的龙。

⑤ 遭(zhān)：转。迹：脚印。遭迹虎：是说老虎行踪不定，难以捕捉。

⑥ 并皆：一同，都是。暴犯：欺凌，危害。

⑦ 三横(hèng)：三个强暴的坏东西。

⑧ 处：周处。尤剧：格外厉害。

⑨ 或：有的人。说(shuì)：劝说，这里有怂恿，挑动的意思。

⑩ 冀(jì)：希望。这句是说，人们实际上是希望三害之中除掉两害，而只剩下一害。

⑪ 击：击杀。或：有时。或浮或没(mò)：有时浮上来，有时沉下去。

⑫ 行：指在水里游。

⑬ 俱：一起。这句是说，周处始终同蛟龙在一起，紧追不放。

⑭ 谓：以为。这句是说，家乡的人们都认为周处已经死了。

⑮ 相庆：相互庆贺。

⑯ 竟：竟然，这里有出乎意料之外的意思。

⑰ 里人：家乡的人。

⑱ 始知为人情所患：才知道被人们当做祸患。有自改意：有

了改过自新的想法。

⑲ 吴:指现在的江苏省吴县。二陆:指陆机、陆云兄弟二人,当时著名的文人,人称"二陆"。

⑳ 平原:指陆机,他曾经担任平原内史,古代人常用官名称呼人。

㉑ 正:止,只。清河:指陆云,他曾经担任清河内史。

㉒ 这句是说,(周处)把事情的经过全部告诉了陆云。

㉓ 修改:改正错误。

㉔ 蹉跎(cuō tuó):时间白白过去,虚度了光阴。

㉕ 这句是说,恐怕将来还是没有什么成就。

㉖ 朝(zhāo)闻夕死:《论语》中说:"朝闻道,夕死可矣。"意思是说:早上知道了真理,当晚死去也值得。陆云引用这句话,是勉励周处,如今你认识到了以前的错误,就等于已经知道了真理,不必担忧年纪大,只要改邪归正就可以了。

㉗ 尚可:还有希望。

㉘ 患:忧虑。志之不立:不立志。

㉙ 令名:美名。彰:显著。这句是说,怎么能担忧美名不张扬呢?

㉚ 遂:就。改励:改过自勉。

㉛ 忠臣:这是按封建礼教的道德标准来表彰周处的话。周处在做御史中丞的时候,上书检举皇亲国戚,不避权势。后来氐(dī)人齐万年反叛,朝廷派他去作战,他临危不退,最后战死。

译过来

周处年轻的时候，为人凶恶、强暴，喜欢打抱不平，被家乡的人认为是祸害。当时义兴县的河里有一条蛟龙，山中有一只猛虎，行踪不定，难以捕捉，它们一起伤害当地的老百姓，因此，义兴县的人把周处、蛟龙和猛虎叫"三害"，其中周处危害最严重。

后来有人怂恿周处去杀虎斩蛟，实际上是希望这三种坏东西能被除掉两个，只剩一下。周处立刻上山打死了猛虎，又跳进河里去斩蛟龙。这条蛟很厉害，它有时向上浮，有时往下沉，周处足足游了几十里远，拼着性命和蛟龙搏斗在一起。

经过了三天三夜，周处还没回来，乡里人都以为周处和蛟龙一定是都死在河底了。本来大家以为周处能杀虎斩蛟就已经不错了，没想到"三害"都死了，真是喜出望外，大家都在互相庆贺。不料，第四天头上，周处竟然杀死蛟龙，从水里出来了。当他听说乡亲们误以为他死了，正在互相庆贺的时候，这才知道自己也被人们当做祸害了。他很惭愧，非常后悔，于是，有了改过自新的想法。

为了改正错误，周处就跑到吴县去找陆机、陆云请教。陆机不在家，只见到了陆云。周处就把这件事情全部告诉了陆云，并且说："我很想改正错误，可是，时间已经白白地过去了。现在年纪大了，最后也不会有什么成就吧。"陆云说："古人讲得好，'早上懂得了真理，就是到了晚上死去，也是值得的'。何况你的前途还很远大呢！再说，人最怕的是没有志气，有了错儿，只要决心改正，还担心做不出一番事业来吗？还怕自己的美名传不开吗?"周处听了以后,就痛改前非,终于成了忠于国家,孝顺父母,对人民有益的人。

帮你读

周处是西晋时有名的将军,历史上确实有这个人。本文抓住了周处在人生道路上的重要转折点来写他的为人。写他的转变之前用了一句话"凶强侠气",写他转变以后也只有一句话"处遂改励",而对他转变起因,以及思想变化过程却用浓笔重描。

开始他听了乡里人劝告,立即上山杀虎,入水斩蛟。这时的周处虽然还不是自觉的立功折过,但是,这种爽直果敢的表现,却是周处改过自新的心理依据,为后来周处的思想变化打下了可信的基础。

周处舍生忘死,三日三夜后"竟杀蛟而出"。"竟"字极准确地透露出乡亲们惊讶和失望的心情。他们盼望的是周处和虎蛟同归于尽。"闻乡里人相庆,始知为人情所患",这是周处万万想不到的,对他刺激是很大的。以往的种种过失,自己竟毫不觉察。今天知道乡亲们以为自己已经死了而"相庆",这无疑是冷水浇头,不能不猛醒了。他清楚地意识到自己可悲的地位。于是,产生了悔过自新的想法。

由认识到行动,周处立即拜访了老师陆云,"具以情告",表现了他坦白直率的态度。周处虽然有改过的想法,但仍有顾虑。如果这时,人们都对他冷眼相看,没有人告诉他做人的道理,周处有可能变得自暴自弃。可是陆云耐心地开导了他。这样,周处既有了发愤改过的主观愿望,又得到外界的热情帮助,终于促

魏晋南北朝小说

成了自己的转变。

从"为民除害","猛醒回头",到"拜师求教",这三个阶段层层推进,逐步把他的性格发展推向高潮。这个比虎、蛟为害乡里"尤剧"的青年人,终于以自己的言行干净彻底地除掉了"阳羡三害",成为一个有作为,有益于老百姓的人。这真是浪子回头金不换啊!

这个故事传播很广,京剧以及地方戏中的《除三害》就是以本篇为主要依据而编排的。

割席绝交

南朝（宋）·刘义庆

管宁、华歆共园中锄菜①。见地有片金，管挥锄与瓦石不异②，华捉而掷去之③。又尝同席读书④，有乘轩冕过门者⑤，宁读如故⑥，歆废书出看⑦。宁割席分坐⑧，曰："子非吾友也⑨！"

选自《世说新语》

讲一讲

① 管宁：字幼安，东汉末年北海朱虚（今山东省临朐县）人。他隐居在辽东。魏文帝、魏明帝都要他做官，他都拒绝了。华歆（xīn）：字子鱼，平原高唐（今山东省高唐县）人，东汉桓帝的时候，曾担任尚书令。共：共同。锄菜：锄菜地的草。

② 与瓦石不异：把金子看做和瓦片石头没有什么不同。

③ 捉：用手拿取，与"拾"意义相同。掷：扔。

④ 尝：曾经。同席：共同坐在一领席子上。古人把席子铺在地上，一领席子可以坐几个人。

⑤ 轩（xuān）：是古代大夫以上的上等人乘坐的车，前顶较高，又有帷幕。冕（miǎn）：古代大夫以上的人戴的礼帽。

⑥ 如故：照旧。

⑦ 废：停止，放下。

⑧ 割席：划开席子，分开座位，表示断绝关系。

⑨ 子：古代对人的尊称，相当于现在的"您"。

译过来

　　管宁和华歆一起在菜园里锄草，看见地里有一片金子。管宁仍旧在埋头锄地，把黄金看成与瓦片石块一样的东西，而华歆伸手就抓起来这片金子，想塞进自己的腰包，又觉得不好意思，只得悄悄把金子扔了。

　　管宁和华歆又曾经在书房里，共同坐在一领席子上读书，有一个大官从这儿路过，他坐着华丽的车子，戴着礼帽，前呼后拥，好不威风。管宁没有去看，照样全神贯注地读书。华歆却扔下书本，连忙跑出去看热闹。于是管宁就与他把座分开，严肃地对华歆说："你不是我志同道合的朋友！"

帮你读

　　本文通过管宁、华歆对金钱和权贵两种态度的对比，揭示了两人的不同性格。

　　在对待金子的问题上，两人态度截然相反，管宁把金子看得与瓦石一样，毫不动心，表现出不贪财的品质。而华歆则"捉"在手中，这个"捉"字形象地反映出了他想捞取金子，据为己有的心理，只是怕在朋友面前丢脸，才不得不再来一个动作"掷去之"，表现他自私贪婪的品格。在这里华歆的"贪"与管宁的"不贪"形

魏晋南北朝小说

成了鲜明的对照。

再说他们对待权贵的态度。管宁和华歆同坐在一领席上读书，有个大官从他们门口过，管宁"读如故"，对戴着礼帽，乘着华丽车子的大官连看都不看一眼，表现出不羡慕权贵的品格；华歆却"废书出看"，眼巴巴盯住权贵，垂涎欲滴，暴露了他无心读书，追求权位、富贵的本质。

作者在两件小事上将人物不同品格进行对比，好像是有见识地将一个矮子与高个子排在一起，高的愈显其高，矮的愈显其矮，这种对比突出了人物品格的优劣。管宁与华歆志不同，道不合，又怎能继续保持友谊呢？"割席分坐"的做法，显示了管宁的志向，展示了他的精神境界，表现出他是一个坚持原则，坚持情操的少年。

这篇文章虽然很短，但有事实的叙述，有动作的描写，还记下了人物的语言神态，寓意也很深。通过只言片语就讲了一个完整的故事，并把两个人物的精神世界表现出来了，这可算是古代一篇"小小说"了吧！而"割席绝交"这个成语就是从这个故事引出来的。

华王优劣

南朝（宋）·刘义庆

　　华歆、王朗俱乘船避难①，有一人欲依附②，歆辄难之③。朗曰："幸尚宽④，何为不可⑤？"后贼追至，王欲舍所携人⑥。歆曰："本所以疑⑦，正为此耳⑧，既已纳其自托⑨，宁可以急相弃邪⑩？"遂携拯如初⑪。世以此定华王之优劣⑫。

选自《世说新语》

 讲一讲

① 王朗：字景兴，东海郯（tán）（今山东省郯城县）人。曾经在魏国担任司徒的官职。避难：逃避战争的灾难。

② 欲依附：想依靠华歆、王朗的帮助。

③ 辄（zhé）：就。难之：对这件事感到很为难。

④ 幸：幸好。尚：还。

⑤ 何为：为何，为什么。

⑥ 舍所携（xié）人：抛弃他们所携带的人。

⑦ 本所以疑：当初所以迟疑不决的原因。

⑧ 正为此耳：正是因为考虑到这一点。

⑨ 纳：接受。这句是说，既然已经接受了他托付的请求。

⑩ 宁：怎么能。以：因为。急：危急的事情。

⑪ 拯（zhěng）：求助。

⑫ 定：评定。

 译过来

华歆和王朗同乘一只小船躲避灾难。有一个人想依靠华歆、王朗的帮助搭乘他们小船一起走。当时，华歆就觉得这件事很难办。王朗说："幸好小船还有空余的地方，多装一个人还可以，为什么不答应呢？"华歆也就没说什么，让那个人上了船。

后来，贼兵追来了，小船因为多装了人，走不快，情况非常危急。王朗就想要抛弃他们携带的那个人。华歆说："对这件事，我当初一再犹豫不决，就是怕遇上这种情况啊。现在，咱们既然

魏晋南北朝小说

已经答应了人家托身的请求，又怎么可以在危急的时候，把人家丢掉不管呢?"于是，他们就像原来那样，仍然带着那个人，脱离了危险。

后世的人们就拿这件事来评论华歆和王朗谁好谁差。大家认为，王朗的品德远不如华歆。

帮你读

全文通过华歆、王朗在患难中对人的不同态度，肯定了华歆言行一致的优良品质，暴露了王朗为人虚伪，自食其言的丑陋行为。

本文的特点是通过一个具体事件，来表现两个人物的品质，有一个人因为有危急情况，想搭乘华歆、王朗的船。华歆觉得有些难办，开始有些犹豫不决，可是，他一旦接受了人家的请求，即使遇到紧急情况，也不改变原来的态度。而王朗在平安的情况下，表示热心帮助别人，可是，一到危急关头，就采取不负责任的态度，出尔反尔，要抛弃人家不管。这样，在一件事中，让两个人物互相对照，使个性更加分明。文章还用层层深入的表现方法来展开矛盾冲突，把人物放在矛盾冲突之间，紧扣人物形象，来表现人物品质，这些都是成功的写法。

这篇小说虽然简短，但有事件的交代，有人物的行动和对话。篇末只说"世以此定华王之优劣"，而不明确说出谁优谁劣，因而显得十分含蓄，能引人深思。

荀巨伯不败义求生

南朝（宋）·刘义庆

荀巨伯远看友人疾①，值胡贼攻郡②。友人语巨伯曰③："吾今死矣④，子可去⑤！"巨伯曰："远来相视，子令吾去，败义以求生⑥，岂荀巨伯所行邪⑦？"贼既至⑧，谓巨伯曰："大军至，一郡尽空⑨，汝何男子⑩，而敢独此⑪？"巨伯曰："友人有疾，不忍委之⑫，宁以我身代友人命⑬。"贼相谓曰："我辈无义之人⑭，而入有义之国。"遂班军而还⑮，一郡并获全⑯。

选自《世说新语》

讲一讲

① 荀巨伯：东汉桓帝时人。远看：到远方去看望。疾：病。

② 值：正碰上。胡：我国古代对北方和西方各少数民族的通称。郡：城市。

③ 语：告诉。

④ 吾：我。死矣：死定了。

⑤ 子：你，指荀巨伯。去：离开，逃走。

⑥ 败义：败坏道义。

⑦ 岂:难道。所行:所做的事。

⑧ 既:已经。

⑨ 尽空:人们都逃光了。

⑩ 何男子:什么样的男子。

⑪ 独此:独自一个人停留在这里。

⑫ 委之:丢下他。委:丢弃,抛弃。

⑬ 宁(nìng):宁可。身:性命。代友人命:替朋友死。

⑭ 辈:某一类别的人。我辈:我们这类人。

⑮ 遂:于是。班军:回师,调回军队。

⑯ 并获全:都得到了保全。

 译过来

　　荀巨伯到很远的地方去探望一位正在生病的朋友。恰巧碰到胡人来攻打郡城。他的朋友告诉荀巨伯说:"我今天是活不成了,你赶快逃难去吧!"荀巨伯说:"我是特地从远处赶来看你的,你倒叫我独自逃走。为了求得自己的生存,而背弃道义,难道这是我荀巨伯所做的事吗?"他坚持留着不走,仍旧照顾、陪伴着病人。

　　胡人打进来了,对荀巨伯说:"我们大军一到,全城的人都跑空了。你是什么样的男子汉,胆敢独自留在这里?"荀巨伯理直气壮地说:"我的朋友生病了,我不忍心丢下他不管。要死,我去死,我情愿拿自己的身子来代替朋友的性命。"胡人听了很受感动,互相感慨地说:"我们这帮没有道义的人,竟然侵入了讲道义的地方,这仗不能再打了。"于是他们就把军队撤回去了,整个城

市因而都得到了保全。

 帮你读

　　这个故事歌颂了荀巨伯重义轻生，宁肯牺牲自己，也要保全朋友的高尚品德，小说写得生动感人，形象鲜明，它主要是通过主人公自己的语言和行动来表现人物内心世界的。

　　开头一句"远道看友人疾"就已写出了荀巨伯对朋友的关怀和对友情的重视。胡贼来犯的恐怖气氛笼罩着整座城市，但他毅然留下来，陪伴正在生病的朋友。当时，他还有脱离危险的时机和机会。抛弃朋友就可以得到生存，而守护朋友就难免一死。荀巨伯选择了后者，坚决不肯独自逃走。他这样回答朋友的劝告："败义以求生，岂荀巨伯所行邪？"他把友情看得比自己生命还重，不愿在危难之际丢掉朋友来求得生存，而要和朋友共患难。

　　更可贵的是，荀巨伯面对闯进朋友家里来的贼人，毫不畏惧，高声斥责他们无义的行为，"宁以我身代友人命"。在关键的时刻，荀巨伯舍生取义，宁愿牺牲自己，也要保全朋友的生命。通过他与胡贼的对话，我们进一步认识了荀巨伯珍重友谊，无私无畏的崇高品德。

　　从贼人口中我们还得知当时荀巨伯是在"一郡尽空"的特殊情况下留在那里的，这就更显得难能可贵了。"尽空"和"独此"形成鲜明对照，反衬出荀巨伯的沉着和勇敢。正因为如此，胡兵才感到自惭，以致"班军而还"。他的高尚行为不仅保全了朋友和自己，也保全了整座城市。

魏晋南北朝小说

孔融斗智

南朝（宋）·刘义庆

孔文举年十岁①，随父到洛②。时李元礼有盛名③，为司隶校尉。诣门者④，皆俊才清称及中表亲戚⑤，乃通⑥。文举至门，谓吏曰："我是李府君亲⑦。"既通，前坐⑧。元礼问曰："君与仆有何亲⑨？"对曰："昔先君仲尼与君先人伯阳有师资之尊⑩，是仆与君奕世为通好也⑪。"元礼及宾客莫不奇之⑫。太中大夫陈韪后至⑬，人以其语语之⑭，韪曰："小时了了⑮，大未必佳⑯。"文举曰："想君小时，必当了了。"韪大踧踖⑰。

选自《世说新语》

讲一讲

① 孔文举：孔融，字文举，鲁国（今山东省曲阜市）人。他是孔子的二十四世子孙，汉朝末年著名的文学家，后来因为对曹操不满，被曹操杀害。

② 洛：洛阳。

③ 李元礼：李膺，字元礼。盛名：很大的名望。

④ 司隶校尉：当时的官名。诣（yì）：前往，到。诣门者：登门

拜访的人。

⑤ 俊才：才智出众的人。清称：享有美誉的人。中表：古代把父亲的姐妹的儿子叫做外兄弟；把母亲的兄弟姐妹的儿子叫做内兄弟。外是表，内是中，合称"中表兄弟"。这里指的是亲戚。

⑥ 通：通报。

⑦ 府君：汉朝时把太守称为府君。

⑧ 前坐：坐在前面。

⑨ 仆（pú）：古代人对自己的谦称。

⑩ 先君：对自己祖先的尊称。仲尼：就是孔子，名字叫丘，字仲尼。他是春秋时期鲁国人，是我国古代著名的思想家、教育家、儒家学派创始人。伯阳：姓李，名耳，字伯阳，俗称老子，春秋时期楚国人，比孔子年岁大，是道家学派的创始人。师资：老师。相传孔子曾经向老子请教礼乐和道德的来龙去脉。

⑪ 是：这样。奕（yì）世：世世代代。通好：互相友好往来。

⑫ 莫不奇之：没有人不对他的话感到惊奇。

⑬ 太中大夫：官名。陈韪（wěi）：人名。

⑭ 这个句子中第一个"语"字是名词，当"话"讲。第二个"语"字念"yù"，是动词，当"告诉"讲。

⑮ 了了：聪明，懂事。

⑯ 大：长大了。

⑰ 踧踖（cù jí）：局促不安的样子。

译过来

　　孔文举十岁的时候,跟随父亲来到了洛阳城。当时,有个叫李元礼的人,他的声望很高,担任司隶校尉的官职,一般人尊称他叫李府君。凡是到他家去拜访的人,都是一些有才气、有地位、有名望的,要不然就是他们家的亲戚。只有这些人才被允许通报进门。

　　有一天,孔文举来到李元礼家门口,对守门的官吏说:"我是李府君家的亲戚,特来拜访。"守门的进去通报了以后,让他进来了。当孔文举在前边坐好了的时候,李元礼就问他:"你跟我是什么亲戚关系呀?"孔文举回答说:"从前我的祖先是仲尼,人称孔子;你的祖先是李耳,人称老子。孔子曾经向老子请教过学问上的事,他们都是师生关系,我和你都是他们的后代,所以咱们孔家、李家可算得上是老世交了。"李元礼和其他在座的客人没有不对他的话感到惊奇的。

　　一会儿,有一位太中大夫陈韪来到了这里,在座的有人把孔文举刚才说的话告诉了他。陈韪不以为然地说:"别看他小时候很聪明,长大了不一定有出息。"孔文举接口就说:"大人说得很对,想必先生您小的时候,一定是很聪明的啰!"这句话说得陈韪非常局促不安,一句话也讲不出来了。

帮你读

　　本文突出的特点是通过语言来描写人物的性格特征。

　　文章开始强调了孔融年纪小和进李府的难,但十岁的孔融偏要进李府去看看。他来到李府门前第一句话就不同凡响。他对守门的说:"我是你家李大老爷的亲戚。"这句话说得很有气派,表明自己的来头不小。其实,他并没有什么来头,只不过爱动脑筋,胆子又大罢了。果然守门的官吏被他蒙(mēng)住了,急忙进去通报,使他得到了李元礼的接见。

李元礼问他:"你跟我是什么亲戚?"孔融又动了脑子,想出了答词:"你的祖先是李耳,我的祖先是孔子,他们是师生关系,我和你都是他们的后代,咱们还是世交呢!"几句话就把有"盛名"的李府君给嘲弄了,也使四座的客人惊奇万分。

最能显示孔融聪明的,还是他与陈韪的对话。陈韪对孔融的聪明不以为然。他说:"小时候很聪明,大了不一定有出息。"话音刚落,孔融便反唇相讥:"想必您小的时候,一定是很聪明的喽。"这句话包含着多少"潜台词"啊! 陈韪原想贬低孔融,所以才说出这番话,孔融抓住他的话柄,借用他的意思,反过来挖苦陈韪。这实际上是说陈韪少年很聪明,现在却是这样愚蠢。这一句话起了一箭双雕的作用,孔融既为自己做了辩解,又乘机讽刺了陈韪,使堂堂的太中大夫也被堵了嘴巴。

以上这些机敏的对答,真是令人拍案叫绝。它画龙点睛地写出了少年孔融的性格特征:聪明、机智、思维敏捷、胆识过人。这些生动的语言描写,简洁而传神,寥寥数语,就突出了人物性格,不用作者插入任何议论,孔融的形象便深深地印在了读者的脑海中。

王蓝田性急

南朝（宋）·刘义庆

　　王蓝田性急①，尝食鸡子②，以箸刺之③，不得，便大怒，举以掷地④。鸡子于地圆转未止⑤，仍下地以屐齿蹍之⑥，又不得。瞋甚⑦，复于地取内口中⑧，啮破⑨，即吐之。

　　王右军闻而大笑曰⑩："使安期有此性⑪，犹当无一豪可论⑫，况蓝田耶⑬？"

选自《世说新语》

　　① 王蓝田：就是王述，字怀祖，山西省太原人，曾经做散骑常侍、尚书令等官职。因为他继承了父亲的官位做了蓝田县侯，所以人们叫他王蓝田。

　　② 尝：曾经。鸡子：鸡蛋。

　　③ 箸（zhù）：筷子。

　　④ 掷：投，丢。

　　⑤ 圆转：旋转。未止：不停。

　　⑥ 仍：又。屐（jī）：是木底有齿的鞋。蹍（niǎn）：踩、踏。

⑦ 瞋（chēn）：瞪大眼睛表示发怒。

⑧ 内：就是"纳"，意思是"放进"。

⑨ 啮（niè）：咬。

⑩ 王右军：就是王羲之，字逸少，晋代著名的书法家，曾担任过右军将军。所以人们也管他叫"王右军"。

⑪ 使：即使。安期：是王承的字。他是王蓝田的父亲，曾担任东海内史。

⑫ 无一豪可论：没有一点可取的地方。豪，同"毫"。当时统治阶级在生活作风方面特别重视从容不迫，因此特别不满意性急的人。

⑬ 况：何况。

译过来

东晋时候的王蓝田性格很急躁，有次吃鸡蛋，他用筷子去扎，没扎到，鸡蛋滑掉了。他就大发脾气，拿起鸡蛋把它扔到地上。鸡蛋在地上圆溜溜地滚来滚去转个不停。他又跳到地上用木鞋底的鞋齿狠狠踩它，可是又没踩中，滑跑了。他气极了，又从地上把鸡蛋捡起来，塞进嘴里，两下子把它咬得粉碎，马上吐了出来。

王羲之听到这件事哈哈大笑说："即使他的父亲王承有这样的坏脾气，尚没有一点可取的地方，更何况王蓝田呢？"

帮你读

这篇短文写得幽默而风趣。它表现了王蓝田性急而易怒的暴躁性格,运用了一连串的动作,描写得十分传神。

第一个动作是王蓝田用筷子扎鸡蛋,他性急,怎么也没"刺"到。第二个动作是王蓝田在一气之下,就把鸡蛋拿起来"掷"到地上。鸡蛋滚来滚去转个不停,他愤怒极了,就跳到地上想用木鞋底的鞋齿踩烂鸡蛋,可是又没有"蹍"着,这是第三个动作。第四个动作是发怒的王蓝田又捡起鸡蛋,一把塞进嘴里,第五个动作是王蓝田把嘴里的鸡蛋咬得粉碎。最后的动作是王蓝田把咬得稀碎的鸡蛋,又恨恨地"吐"掉,好像只有这样才出了胸中的闷气。

这一系列动作描写都是漫画式的,充分夸张了的,但又不脱离生活真实。作者通过"刺"、"掷"、"蹍"、"内"、"啮"、"吐"等动作,层次分明而又淋漓尽致地刻画了王蓝田的性格特征。

王蓝田的性格是急躁的,因而他的动作也是急促的,一个连着一个,为了和这相适应,作者有意地写下了一系列短句,显出了一种急促的节奏,十分和谐地配合了人物急躁性格的表现。

全文字数不多,可是,笔到之处,妙趣横生。要做到这一点,就要求我们平时留心观察生活,选取有表现力的词汇。这样,才能写出有血有肉、真实可信的人物来。

王戎七岁

南朝(宋)·刘义庆

王戎七岁①,尝与诸小儿游②,看道边李树多子折枝,诸儿竞走取之③,唯戎不动④。人问之,答曰:"树在道边而多子,此必苦李。"取之,信然⑤。

选自《世说新语》

讲一讲

① 王戎(róng):字濬中,琅邪临沂(今山东省临沂市)人,晋惠帝的时候,担任过司徒的官职。

② 尝:曾经。诸:许多。游:玩耍。

③ 多子折枝:果实多得把树枝都压断了。走:跑。之:指李子。竞走取之:争着跑,摘取李子。

④ 唯:只有。

⑤ 此必苦李:这李子一定是苦的。信然:确实是这样。

译过来

王戎七岁的时候,曾经和许多小朋友一起出去玩,看见路边有一棵李树果实累累,把树枝都压弯了,有的枝条还折断了。许多小朋友都争先恐后地去摘李子,只有王戎站在原地,一动不动。人家问他,你为什么不去摘李子呢?王戎回答说:"李子树长在大路边,却还有那么多果子,这一定是苦李子。"孩子们摘下李子一尝,果然是这样。

帮你读

这个故事通过一件小事,反映了一个人的精神面貌,笔墨是精练的。

本文是从三个角度来写的。一是通过对比表现了王戎的聪明才智。一群小孩看见路旁有一棵挂满果实的李树,就一窝蜂地拥去"竞走取之",而"唯戎不动"。一个"唯"字表明了王戎与众不同。

那么,为什么王戎不动呢?作者又通过对话来说明:"树在道边而多子,此必苦李。"王戎的回答表明他"不动"是有正确的指导思想的。他通过观察和判断,认为:如果树上的果实是很好吃的,那早就被过路的人摘光,现在树上还是果实累累,那一定是苦李子。

他的判断准不准呢?最后,作者又通过大家摘来果实一尝,果然味是苦的。一个七岁的小孩,平时爱动脑筋,他经过仔细地观察,认真地思考判断,推导出了正确的结论。

郗超举贤

南朝（宋）·刘义庆

郗超与谢玄不善①。苻坚将问晋鼎②，既已狼噬梁、岐③，又虎视淮阴矣④。于时朝议遣玄北讨⑤，人间颇有异同之论⑥。唯超曰："是必济事⑦，吾昔尝与共在桓宣武府⑧，见使才皆尽⑨，虽履屐之间⑩，亦得其任。以此推之⑪，容必能立勋⑫。"元功既举⑬，时人咸叹超之先觉⑭，又重其不以爱憎匿善⑮。

选自《世说新语》

① 郗（xī）超：字景兴，高平（在今山东省境内）人，曾经当过桓温的参军。谢玄：字幼度，阳夏（在今河南省境内）人，东晋时期有名的将领。不善：关系不好。

② 苻（fú）坚：字永固，略阳临渭（在今甘肃省境内）人，他是氐（dī）族的首领，当时是前秦的皇帝。问晋鼎：是图谋夺取晋朝政权的意思。

③ 狼噬（shì）：像狼一样吞吃。梁：古代九州之一，在今陕西省南部和四川省北部一带地区。岐（qí）：山名，在今陕西省西部。

④ 虎视:像老虎瞪着眼睛盯着食物一样。淮阴:指淮河以南地区。

⑤ 于时:在这个时候。朝:朝廷。议遣:商议派遣。北讨:到江北去征讨苻坚。

⑥ 人间:指大臣中间。颇(pō):很。异同之论:不同的意见。

⑦ 唯:只有。是:这个人,指谢玄。济事:成事。

⑧ 桓宣武:指东晋大将军桓温。这句是说,郗超与谢玄曾经一同在桓温部下。

⑨ 使才:发挥使用人才。尽:充分。

⑩ 履(lǚ):鞋子。屐(jī):木底的鞋。这里用履屐比喻职务低下的人。

⑪ 亦得其任:也得到任用。推之:推想他。

⑫ 容:可能。勋:功勋。

⑬ 元功:大功,指淝水大战取得的胜利。既举:已经完成。

⑭ 时人:当时的人们。咸:都。先觉:先知,有预见。

⑮ 重:敬重。匿(nì):埋没。善:优点。

译过来

郗超与谢玄之间的关系向来不好。当时,氐族首领苻坚准备出兵,夺取东晋的天下,他已经像豺狼一样吞食了梁州,岐山,又虎视眈眈地打攻占淮南的主意。

这时东晋朝廷里的官员们商议要派谢玄领兵,到江北去征讨苻坚。这件事有的人赞同,也有人反对,争论得非常激烈。只有郗超表示说："派谢玄北伐一定能成功！我过去曾经和他一起在桓温的官府里共事，发现他用人时，能够做到人尽其才。即使是职位比较低的人也能够任用得当。根据这些事情来推断，我想派他去征讨苻坚，一定能够建立功勋！"

经过淝水大战，谢玄果然打败了苻坚，立了大功。当时的人们都佩服郗超有先见之明，更赞扬他能以国事为重，不因为个人的好恶而埋没别人的优点。

帮 你 读

本文表现了郗超能顾全大局，以国事为重，不因为个人爱憎而埋没他人长处的高贵品质。全篇从三个方面刻画了郗超的形象。

首先，用烘托渲染的手法交代了形势的险恶。苻坚已吞并了大片土地，对淮南广大地区又虎视眈眈。在这种危急的情况下，无论任命谁带兵出征都将关系到国家的存亡，这就安排了一个突出表现郗超形象的特定环境。

其次，是直接描写。正因为选将是极其重要的，所以朝廷上下，对谢玄能否担当将帅争论不休，有的赞成，有的反对。作者对议论者的言论一概略去，只详细叙述了郗超的意见，直接揭示他坦荡的胸怀。嫉贤妒能，是旧时代一般人的通病，但郗超却是个例外。他与谢玄私人关系一直很不好，但在国家生死存亡的关头，他不计较个人恩怨，力排众议，断定谢玄"必能立勋"。为了说服有不同意见的人，他根据自己的亲身体验，提出了充分的理由："使才皆尽，虽履屐之间，亦得其任。"用现在的话说，就是能调动一切人的积极性，很会用人。因此，他举荐谢玄时，口气坚决，有理有据。淝水一战，谢玄果然取得了胜利。

最后，以"时人"的反映从侧面来描写，肯定了郗超的高尚品质，一是他对谢玄的深刻了解，"超之先觉"令人佩服；二是他以大局为重，"不以爱憎匿善"更是可贵。这种精神，即便在今天，也很值得学习。

有心人陶侃

南朝（宋）·刘义庆

　　陶公性检厉①，勤于事。作荆州时②，敕船官悉录锯木屑③，不限多少。咸不解此意④。后正会⑤，值积雪始晴⑥，听事前除雪后犹湿⑦。于是悉用木屑覆之⑧，都无所妨⑨。

　　官用竹，皆令录厚头⑩，积之如山。后桓宣武伐蜀⑪，装船⑫，悉以作钉⑬。又云："尝发所在竹篙⑭，有一官长，连根取之，仍当足⑮，乃超两阶用之⑯。"

选自《世说新语》

　　① 陶公：就是陶侃（kǎn），字士行，东晋时鄱阳（今江西省波阳县）人，当过大将军。检厉：处理事情准确又严厉。

　　② 勤于事：勤勤恳恳地干事。作荆州时：陶侃担任荆州刺史的时候。

　　③ 敕（chì）：告诫。船官：管理造船的官员。悉录：全部收藏。

　　④ 咸：都。此意：收存锯末的意图。

⑤ 正（zhēng）会：正月集会。

⑥ 积雪始晴：连下大雪刚刚晴天。值：正赶上。

⑦ 听事：官府里的厅堂。除：台阶。犹：还。

⑧ 覆之：覆盖台阶。

⑨ 所妨：所妨碍的事。

⑩ 官用：官府用的。厚头：厚实的零头竹块。

⑪ 积之如山：堆积得像山一样高。桓宣武：就是桓温，他讨伐西蜀的时候，担任征西大将军。

⑫ 装：安装。这里指制造。

⑬ 以：用。钉：竹钉。

⑭ 又云：又传说。发：征发，向民间征调物资。所在：指陶侃所管理的地区。竹篙（gāo）：撑船用的竹竿，通常在竹竿下端包上铁制的尖篙头，支撑河底，使船前行。

⑮ 官长：官员。当（dàng）：相当适合。当足：用竹根作为竹篙的铁脚。

⑯ 乃：于是。阶：官职的级别。超两阶：跳两级。用：任用。

译过来

东晋时候的陶侃，性情明察又严厉，对所从事的工作非常勤恳。他在荆州做刺史的时候，告诫管理船只的官员，把造船时留下的锯末，不论数量多少，全部收藏起来。当时，没有一个人能够理解他的用意。后来有一年正月，官员们集会，正赶上几天连下大雪，天刚放晴，官厅前的台阶上的雪融化后还很湿，非常难走。于是，陶侃就叫人把收藏的锯末覆盖在台阶上，人们出入一点都不受妨碍。

在官府用竹子的时候,陶侃命令他的下属,把废弃不用的竹子头统统地收集起来,堆积得像山一样高。后来,到桓温带兵讨伐西蜀的时候,要造战船,急需很多竹钉,陶侃将这些竹头全部拿去做了竹钉。

又传说有一次,陶侃曾经在当地征调撑船用的竹竿。他手下的一位官员,把竹子连根取来,以根代替竹篙的铁足。陶侃认为这位官员善于取材,于是就破格晋升他两级官职来重用他。

帮你读

我们中华民族有勤俭、节约的优良传统。本文就是通过三件小事来表现陶侃注重实际,精打细算,厉行节约的精神的。

第一件是他让管船的官员,收藏加工船料时锯下的木屑。陶侃是大将军,地位很高,他保存这些微不足道的锯末,一般人是不容易理解的。后来,这些锯末被撒在了泥泞的厅堂前的台阶上,方便了所有参加正月集会的人,这时大家才知道收集木屑的用处,说明了厉行节约可以有备无患。

第二件事是在官府加工竹料时,收取被丢掉的厚实的竹头。这种不让人注意的下脚料又引起了陶侃的重视,作者虽然省去了"咸不解此意",但"积之如山"的竹头必然使读者产生疑问,等到桓大将军征伐西蜀造船时,这批废料派上了大用场,解决了大问题。这么多竹头,可做多少船钉,可修造多少战船!如果没有这些竹头,不用说要毁掉多少长竹,就是破长竹截短也不知要花费多少工夫和力气。这真是废物利用,省工省料,一举两得。在日常生活中，像这种不足挂齿的小事都引起了陶侃注意，更何况那些举足轻重的事情呢。

第三件事是对连根征收毛竹做竹篙的官员，连升两级任用。陶侃不仅爱惜物力，做到物尽其用，而且更爱惜人才，破格提拔肯动脑筋的节约能手，让他担当更重要的职务，做到人尽其才，使勤俭节约的精神发扬下去。

陶侃是东晋的著名将领，多次立下战功，一生突出事迹很多。然而，作者并不追求奇闻轶事，而是从最细微处着手，选取富有特征的小事，反而取得了更真实，更感人的艺术效果。文章中虽然没有一句夸奖的话，但字里行间却流露出对陶侃的赞美，这种写法是值得我们借鉴的。

杨 修

南朝（宋）·刘义庆

杨德祖为魏武主簿①。时作相国门②，始构榱桷③，魏武自出看，使人题门作"活"字，便去。杨见，即令坏之④。既竟⑤，曰："门中'活'，'阔'字，王正嫌门大也⑥。"

人饷魏武一杯酪⑦，魏武啖少许⑧，盖头上题"合"字以示众⑨。众莫能解⑩。次至杨修⑪，修便啖，曰："公教人啖一口也⑫，复何疑⑬？"

魏武尝过曹娥碑下⑭，杨修从⑮。碑背上见题作："黄绢幼妇外孙齑臼"八字⑯。魏武谓修曰："解不⑰？"答曰："解。"魏武曰："卿未可言⑱，待我思之。"行三十里，魏武乃曰："吾已得。"令修别记所知⑲。修曰："'黄绢'，色丝也⑳，于字为'绝'㉑；'幼妇'，少女也，于字为'妙'，'外孙'，女子也㉒，于字为'好'；'齑臼'，受辛也，于字为'辤'㉓，所谓'绝妙好辤'也。"魏武亦记之，与修同。乃叹曰："我才不及卿，乃觉三十里。㉔"

选自《世说新语》

讲一讲

① 杨德祖：就是杨修，字德祖，弘农（今河南省灵宝县）人。他担任曹操手下的官吏，后来被曹操杀害。魏武：就是魏武帝曹操。主簿：文书。

② 时作：当时正在制作。相国：丞相，辅佐皇帝的最高官员。当时，曹操做丞相。

③ 始：才。构：构成。榱（cuī）：屋顶的椽（chuán）子。桷（jué）：方的椽子。这句是指刚造好的门架子。

④ 使人题门：派人在门上写字。即令：马上命令。坏之：拆毁了它。

⑤ 既竟：已经拆完了。

⑥ 王：魏王，指曹操。

⑦ 饷（xiǎng）：送食物给人吃。酪（lào）：乳酪，用牛、羊等乳汁炼制成的食品。

⑧ 啖（dàn）：吃。少许：一点儿。

⑨ 题：书写。以示众：把……给大家看。

⑩ 众莫能解：大家都不理解它是什么意思。

⑪ 次至：按顺序传到。

⑫ 公：古代对人的尊称。这里指曹操。

⑬ 复何疑：这又有什么可疑问的呢？

⑭ 曹娥碑：曹娥是东汉时期的一个孝女，她十四岁的时候，因为父亲落水淹死，她昼夜地哭嚎，最后也投江水而死。县官度尚为她立碑。当时的学者蔡邕（yōng）在碑上刻了下文中的那八

个字,称赞碑文写得好。

⑮ 从:跟随。

⑯ 齑臼(jī jiù):用来捣碎姜蒜等辛辣食物的器具。

⑰ 不(fǒu):同"否"。解不:理解不理解?

⑱ 卿:古时候对人表示的亲切称呼,这里指杨修。

⑲ 吾已得:我已经想出来了。别记所知:在另一个地方把自己理解的内容写下来。

⑳ 色丝:有色的丝。

㉑ 于字:对组成字形来说。

㉒ 女子:女儿的儿子。

㉓ 辤:辤是"辞"的异体字。异体字是指音同义不同而形体不同的字。辞(cí):词句。

㉔ 觉:觉悟,明白。乃觉三十里:竟然走了三十里路才明白过来。

译过来

杨修曾经担任过曹操的文书。有一年,曹丞相府修建大门,才造好门框,曹操亲自出来张望了一下,叫人在门框写一个"活"字,然后就离开了那里。工匠们都不知道是什么意思。

杨修一看,就下令拆毁门框。拆完后,工匠问他这是为什么?杨修说:"门中间写个'活'字,不就是'阔'字吗?魏王正是嫌门太大了,要缩小一点就好了。"

又有一次有人进献给曹操一杯特制的乳酪。曹操尝过几口后,便用笔在杯盖上写了一个"合"字,并把它给大家看。大家都猜不透是什么意思，于是装乳酪的杯子从这个人手里传到另一个人手里，最后传到了杨修手里。杨修一看，马上就吃了一大口。周围的人感到很惊讶，杨修解释说："曹公的意思是叫我们每个人都吃一口，又有什么可疑问的呢？"

还有一次，曹操曾经从曹娥碑旁路过，杨修跟随他。他们看见碑文的背面刻着："黄绢幼妇外孙齑臼"八个字。曹操对杨修说："你理解它的意思吗？"杨修回答说："我已经理解了。"曹操连忙阻止住他说："你先不要讲出来，等我想一想它的含义是什么。"

约摸走了三十里路，曹操就对杨修说："我已经得到答案了。"就叫杨修另外写出他所知道的意思。杨修说道："黄绢——是有颜色的丝织品，对组成字形来说'丝'和'色'构成一个'绝'字；幼妇——就是少女，对组成字形来说'女'和'少'构成一个'妙'字；外孙——是女儿的儿子，对组成字形来说'女'和'子'构成一个'好'字；齑臼——是接受安放辛辣东西的，对组成字形来说'受'和'辛'构成一个'辤'（'辞'的异体字）字。所以，这八个字合起来所说的是'绝妙好辤'四个字。"曹操也已写下了"绝妙好辤"，跟杨修写的正好相同。于是，曹操不禁感慨地说："我的才华赶不上你，这几个字竟然走了三十里路才明白过来。"

帮你读

杨修曾经给曹操当过文书，史书上记载他"好学有俊才"，这完全符合他的实际情况。这篇文章就反映了杨修的聪明和智慧。那么，杨修是怎么知道魏王嫌门大呢？为什么他认为每人应吃一口乳酪呢？曹娥碑上的八个字又如何变作了四个字呢？原来，杨修用的是"析字法"。就是以字为对象，利用合体字字形的特点，把它分解开来，再另外重新组合。用这种方法可以曲折地表达思想，这也是修辞上的一种手法，古人常用这种方法来表达文字技巧。

本文第一个故事中的"阔"字，就被分解为"门"和"活"字，只不过曹操在这里用真正的门框当做"门"字罢了。组合起来就是"阔"字，意思是面积太大了。

第二个故事中的"合"字，是由上中下三部分"人"、"一"、"口"构成的。分解后来读就是"人""一""口"，所以，杨修敢张口就吃。

第三个故事比较复杂，其中的字，用的是比喻义，比如"黄"比喻为颜色，"绢"比喻为丝，因此"丝"和"色"便另外重新组合成了"绝"字，其中的"丝"字就成了偏旁。同一个道理，"妇"和"幼"的比喻义"女"和"少"组成了"妙"字；"好"字呢，是由"外"和"孙"的比喻义"女"和"子"组成；"辤"字是由"斋"和"臼"的比喻义"受"和"辛"组成。这种析字法有时近似于猜字谜，很不容易猜中，而杨修一眼就看出来是"绝妙好辤"，可见他聪明过人，连曹操也不得不承认：他的聪明才智比起杨修来，还相差三十里哩。

子路杀虎

南朝（梁）·殷芸

孔子尝游于山①，使子路取水②，逢虎于水所③，与共战④，揽尾得之⑤，内怀中⑥，取水还。问孔子曰："上士杀虎如之何⑦？"子曰⑧："上士杀虎持虎头⑨。"又问曰："中士杀虎如之何⑩？"子曰："中士杀虎持虎耳。"又问："下士杀虎如之何⑪？"子曰："下士杀虎持虎尾。"子路出尾弃之⑫，因恚孔子曰⑬："夫子知水所有虎⑭，使我取水，是欲死我⑮。"乃怀石盘⑯，欲中孔子⑰。又问："上士杀人如之何？"子曰："上士杀人使笔端⑱。"又问曰："中士杀人如之何？"子曰："中士杀人用舌端⑲。"又问："下士杀人如之何？"子曰："下士杀人怀石盘。"子路出而弃之，于是心服。

选自《小说》

 讲一讲

殷芸（471～529）：字灌蔬，南朝时的陈郡长平（今河南省西华县）人。《小说》一书，是他奉梁武帝的命令编写成的。书中记叙了秦汉以来一些著名人物的故事，以及民间传说和山川风物。全书原有十卷，现已残缺不全。

① 孔子：名叫丘，字仲尼，鲁国（今山东省）人，春秋末期的思想家、政治家、教育家。山：指泰山。

② 使：派。子路：姓仲，名叫由，字子路，鲁国人。他是孔子的学生，性格直爽勇敢。

③ 逢：遭遇，遇到。所：处所、地方。

④ 共战：和老虎搏斗在一起。

⑤ 揽：抓住。揽尾得之：抓住老虎尾巴，把它扯掉。

⑥ 内(nà)：就是"纳"，放入。

⑦ 上士：上等的勇士，指最有本领的人。杀虎如之何：怎样去杀虎。

⑧ 子：指孔子。

⑨ 持：抓住。

⑩ 中士：中等的勇士。

⑪ 下士：下等的勇士。

⑫ 出尾弃之：从怀中拿出老虎尾巴扔掉它。

⑬ 恚(huì)：恨，怒。

⑭ 夫子：古时候对老师的尊称。

⑮ 是欲：这是想。死我：叫我去送死。

⑯ 乃怀：于是就在怀中揣着。石盘：大石头。

⑰ 中(zhòng)：打中。

⑱ 笔端：笔尖，指笔杆子。

⑲ 舌端：舌头，指讲话，耍嘴皮子。

译过来

有一次,孔子曾经游览泰山,叫子路去打水。子路走到打水的地方,碰上了老虎,就同老虎搏斗在一起。他把老虎打死后,割下虎尾,将它揣在怀里,取水回来了。

子路问孔子说:"上等勇士是怎样打虎的?"孔子说:"上等勇士是按住虎头打虎的。"子路又问:"中等勇士是怎样打虎的?"孔子回答说:"中等勇士打虎是揪住老虎的耳朵。"接着,子路又问:"下等勇士是怎样打虎的?"孔子说:"下等勇士打虎是抓住了老虎的尾巴。"子路听了以后,掏出怀中的老虎尾巴扔掉了。

子路对孔子很不满,说:"老师你明明知道打水的地方有老虎,偏叫我去打水,这不是叫我去送死吗?"于是,他就到外面拣了一块大石头揣在怀里,准备打孔子。

他回到孔子跟前问道:"最有本领的人是怎样杀人的?"孔子说:"最有本领的人是用笔杆子杀人。"子路又问:"有中等本领的人是怎样杀人的?"孔子说:"有中等本领的人是用口舌来杀人。"子路接着又问:"本领最差的人是怎样杀人的?"孔子回答说:"本领最差的人杀人是怀中揣石头。"子路立刻跑到外面,把大石头扔掉了。从此以后,子路对孔子心服口服了。

帮你读

这是一个民间传说味道很浓的故事。文章中的孔子不是端着圣人架子的学究,而是一个诙谐机敏的人。本文通过师生的对话,表现了孔子善于鼓励弟子上进的良好教育方法。

那么,孔子是用什么办法使子路心服口服的呢?在与子路的两次对话中,孔子是通过比较的方法来教育子路的。子路打水遇到老虎,他抓住了老虎尾巴,打死了老虎,得胜而归。因此,他沾沾自喜,心想自己一定能够得到老师的夸奖,于是就故意向老师提出问题:"上士杀虎如之何?"孔子回答:"上士杀虎持虎头。"这一回答出乎子路的意外,因为他没有按住虎头。所以他又问了"中士"、"下士"是怎样打虎的,孔子针对他提出的问题,巧妙地以"持虎耳"、"持虎尾"来回答。俗话说,"不怕不识货,就怕货比货",有比较才有鉴别。通过上中下三士杀虎的比较,子路自然而然地得出自己属于下等勇士,不仅不值得骄傲,而且还要向上等勇士学习、看齐,于是就把虎尾偷偷地扔掉了。

子路虽然口服了,但心还不服。还错误地认为老师让他取水是有意害他,所以便怀揣石头要打孔子,同时又提出了问题。孔子对子路的粗鲁直率的性格是了解的,他洞察了子路的内心世界,在回答上中下三等人怎样杀人的问题时,用"笔端"、"舌端"、"石盘"相对,层层递进。通过三者的比较,子路又得出自己属于本领最差的人的结论。这样的人怎么能不求上进,还要加害老师呢?子路感到非常惭愧,扔掉了石头,对孔子口服心也服了。

折 箭

北齐·魏收

　　阿豺有子二十人①。阿豺谓曰:"汝等各奉吾一支箭②。"折之地下。俄而③,命母弟慕利延曰④:"汝取一支箭折之。"慕利延折之。又曰:"汝取十九支箭折之。"延不能折。阿豺曰:"汝曹知否⑤?单者易折,众则难摧⑥,戮力一心⑦,然后社稷可固⑧!"言终而死⑨。

选自《魏书》

讲一讲

　　魏收(506～572):字伯起,巨鹿下曲阳(今河北省曲阳县)人。他是北齐的史学家。《魏书》是他编撰的一部纪传体北魏史,共一百三十卷。书中保存收录了一些北魏的史料和诗文。

　　① 阿豺:人名,古代我国西北方少数民族吐谷(yù)浑的首领。

　　② 汝等:你们。奉:献。

　　③ 俄而:一会儿。

　　④ 母弟:同母的兄弟。慕利延:阿豺的弟弟。

魏晋南北朝小说

⑤ 知否：知道不知道？汝曹：你们这些人。

⑥ 单者：单个。摧：折断。

⑦ 戮（lù）力：齐心合力。

⑧ 社：土神。稷（jì）：谷神。社稷：古代用作国家的代称。

⑨ 言终：话说完了。

译过来

古时候，我国西北吐谷浑部落的首领叫阿豺。他有二十个儿子，阿豺老了，病倒在床上，把儿子召集在一起，对他们说："你们每人给我拿一支箭来。"阿豺接到箭就一一折断，扔在地下。

过了一会儿，阿豺又叫来了他的弟弟慕利延，命令他说："你拿一支箭折断它。"慕利延就照他的吩咐，轻易地把箭一折两断。阿豺又说："你再把剩下的十九支箭合在一起折断它。"慕利延用尽力气折了几次，怎么也折不断。

这时，阿豺对儿子说："你们懂得这个道理吗？单独的一支箭是很容易折断的，许多支箭合在一起就很难折断了。所以，我死后，你们要同心协力，我们的国家才能巩固。"阿豺说完就死了。

帮你读

"一支箭容易折，十九箭难折断"这是吐谷浑首领阿豺临死时，给他二十个儿子留下的遗嘱。阿豺可以说是一个善于说理的人，他先让弟弟慕利延折箭，用这件事来打比方，然后才说出要叮嘱的话。这是一种借助某一事件，来说明一个深刻道理的方法。

　　这种方法可以把某种高深的思想和哲理，巧妙地寄寓具体的、浅显的事物中。因为它具体，可以使我们感知，因为它浅显，很容易被大家了解。"联合起来力量大，众人拾柴火焰高"，这样简单的道理谁不明白呢？所以，用"折箭"这件事来比喻深刻的道理，既形象又生动，通俗易懂，有很强的说服力。这也正是本文的艺术特点。

公输刻凤

北齐·刘昼

公输之刻凤也①，冠距未成②，翠羽未树③。人见其身者，谓之鹀鸱④；见其首者，名曰鹤鹈⑤。皆訾其丑而笑其拙⑥。及凤之成，翠冠云耸⑦，朱距电摇⑧，锦身霞散⑨，绮翮焱发⑩，翙然一翥⑪，翻翔云栋⑫，三日而不集⑬，然后赞其奇而称其巧⑭。

选自《刘子》

讲一讲

刘昼（514～565）：字孔昭，渤海阜城（今河北省交河县）人。他是北齐的文学家，《刘子》是他编写的一部杂学著作，共十卷，里面记载了不少传说故事。

① 公输：就是鲁班，春秋时的鲁国人，是著名的能工巧匠。刻凤：雕刻凤凰。

② 冠（guān）：指凤冠。距：爪。指鸟类爪后上部突出像脚趾的部分。

③ 翠羽：青翠的羽毛。树：立。未树：这里指还没刻好。

④ 身：身子。鹀鸱（máng chī）：一种像鹰的鸟，有白色的羽

魏晋南北朝小说

毛。

⑤ 首：头。鹙鹧（wū zhé）：鹈鹕（tí hú）鸟，一种水鸟。

⑥ 訾（zǐ）：嘲笑。拙：笨，不灵巧。

⑦ 云耸：像云彩一样高耸。

⑧ 朱：红色。电摇：像电光在闪动。

⑨ 锦：色彩鲜艳华丽。霞散：像霞光一样闪射。

⑩ 绮（qǐ）：华丽。翮（hé）：鸟的翅膀。焱（yàn）发：发出光亮。

⑪ 翙（huì）：鸟飞时发出的声音。翥（zhù）：奋飞。

⑫ 翻翔：回旋飞翔。云栋：画有云彩花纹的屋梁。

⑬ 集：群鸟栖落在树上叫"集"。

⑭ 赞其奇：称赞东西奇异。称其巧：称赞工艺巧妙。

 译过来

　　鲁班精心雕刻一只凤凰，凤冠和凤爪没有安置好，翠绿色的羽毛还没有刻完，旁观的人们就指指点点，评头品足了。看见凤凰身子的人，说它是一只白色的鹰；看见凤凰头的人，称它为秃头鹙鹧。总之，人们都在嘲笑它丑，讥笑鲁班的笨拙。

　　等到鲁班把凤凰刻成，翠绿的凤冠像行云一样高耸；朱红的凤爪像电光似的闪闪发亮；浑身上下锦绣般的羽毛，像披上了五彩缤纷的霞光，光芒四射；两只美丽的翅膀一张一合，像升起一道道彩虹，光彩照人。鲁班拨动了机关，那凤凰"呼啦"一声响，展开翅膀飞向高空，在画有云彩的屋梁上盘旋翱翔，整整三日三夜也不落下来。到这时，人们才纷纷赞美凤凰的奇特，并且称赞

鲁班手艺的精巧。

 帮你读

　　真正的凤凰,我们谁也没见过,大约是像孔雀一类的鸟。但人们都认为凤凰是百鸟之王,象征着吉祥。鲁班刻出凤凰,光彩夺目,给人以精神振奋的感觉。这篇文章文字不多但写得辞采华丽,想像飞腾,给我们留下了很深的印象。

　　这个故事告诉我们,观察事物要全面,评价事物要看整体。凤凰还没刻成,人们就开始议论,有的说像白鹰,有的说像鹈鹕,他们都只从自己看到的一个角度来评论,而且是在事物发展到某个阶段来观察判断事物。他们只看到了雕刻的过程,没有看到结果;只看到雕刻的局部,没有看到整体,因此产生了很大的片面性,这样匆匆忙忙地下结论当然是不对的了。所以,我们应当学会全面、完整地观察事物,这样才能准确地认识事物,不致于犯主观片面的错误。

孙亮辨奸

南朝(宋)·裴松之

亮后出西苑①,方食生梅,使黄门至中藏取蜜渍梅②,蜜中有鼠矢③。召问藏吏④,藏吏叩头。亮问吏曰:"黄门从汝求蜜邪⑤?"吏曰:"向求⑥,实不敢与⑦。"黄门不服。侍中刁玄、张邠启⑧:"黄门、藏吏辞语不同,请付狱推尽⑨。"亮曰:"此易知耳。"令破鼠矢,矢里燥⑩。亮大笑谓玄、邠曰:"若矢先在蜜中,中外当俱湿;今外湿里燥,必是黄门所为。"黄门首服⑪,左右莫不惊悚⑫。

选自《三国志·吴书·孙亮传》注

【讲一讲】

本文是从《三国志·吴书·孙亮传》的注文中选出来的。《三国志》是西晋人陈寿编写的,南朝宋代人裴松之作的注。而裴松之的这段注文,又是从《吴历》一书中引出来的。但是,我们现在已看不到《吴历》这部书了。

① 亮:孙亮,字子明,三国时期吴王孙权的小儿子。后来他做了吴国君主,当时只有十五岁。西苑(yuàn):畜养禽兽并种植林木的地方,多是帝王和贵族游玩打猎的风景园林。

② 方食：正吃。黄门：指宫中的太监。中藏：指皇宫内的仓库。渍(zì)：浸泡。

③ 鼠矢：指老鼠屎。矢：就是"屎"。

④ 藏吏：管理仓库的官吏。

⑤ 汝：你。

⑥ 向：从前。

⑦ 与：给。

⑧ 侍中：皇帝身边工作的重要官员。启：陈述意见。刁玄、张邠(bīn)：都是人名。

⑨ 付：交付。狱：断狱，指司法机关。推尽：彻底审问。

⑩ 此易知：这容易查清楚。燥：干燥。

⑪ 中外当俱湿：内外都应当是湿的。所为：所做的事。首服：叩头认罪。

⑫ 惊悚(sǒng)：震惊、恐惧。

译过来

孙亮游完西苑后出来，正在吃刚摘下的生梅子，打发一个太监到皇家仓库中去取蜜糖来浸泡梅子。太监取回蜜来，孙亮打开蜜坛盖儿一看，发现蜜糖里有老鼠屎，就召见管仓库的官吏，这个官吏连忙跪倒，磕头喊冤枉，孔亮问他："太监从你那里要过蜜糖吗？"管仓库的官吏说："早先，他向我讨要过蜂蜜，我实在不敢私自给他。"太监急忙分辨，不敢承认。在场的刁玄、张邠两位官员说："太监和藏吏说法不一致，请您把他们交给司法部门审理清楚吧。"

孙亮说:"这点小事是容易搞清楚的。"就命令左右的人从蜜坛中取出老鼠屎,剖开一看,便发现里面是干燥的。孙亮哈哈大笑地对刁玄、张邠说:"如果老鼠屎是早先放在蜜糖里面,那老鼠屎的里面和外面应该全是湿的,现在看来,蜜糖里的鼠屎外湿里干,显然是太监刚刚放进去的。"在事实面前,太监不得不低头认罪。孙亮周围的官员无不为孙亮的机智所震惊。

帮你读

这是三国时期发生在吴国宫廷里的一起案件。小说通过揭露案情真相的过程,表现了年仅十五岁的孙亮的聪明和机智,赞扬了他实事求是、明断是非的精神。他是怎么处理这个案子的呢?

文章一开始就交代了案情,孙亮在蜜糖里发现了老鼠屎。这是谁的责任呢? 他分析,蜜糖放在仓库里,这与管仓库的官吏——藏吏有直接的关系,首先得问他。可是,这个藏吏连声喊冤,磕头不止。孙亮一看这情景,觉得很奇怪,他动开了脑筋:蜜糖的确是放在仓库里的,可是,又经太监的手拿出来的,太监也是怀疑对象。那么,太监和藏吏有什么关系呢? 经调查结果表明,原来,太监与藏吏有过私仇。这是一条十分重要的线索,孙亮抓住这蛛丝马迹追查太监,可是太监不承认。与案件有关的人都不承认,这案子该怎么破呢? 孙亮灵机一动,抛开了人,转向与案件有关的"物"——对老鼠屎进行检查。他分析:如果泡在蜜糖里的鼠屎里外全是湿的,那么,这鼠屎是早就在蜜糖中,可能是藏吏失职,保管不好造成的;如果鼠屎只是外表一层湿,而里面却全是干燥的，那可以肯定是太监向藏吏讨要蜜糖不成，怀恨在心，故意栽赃陷害藏吏而放进去的。于是，他就下令当场剖开鼠屎，果然外湿里干。在事实面前，太监只得低头认罪。

孙亮虽然是皇帝，但是，对这起案件，他并没有简单武断地下结论，也没有随便交给司法部门去处理，而是亲自细致地调查了解，深入思考，沿着人们正常的思维顺序，由表及里，由人及物，逐步深入地分析，做出了准确的判断，推导出正确的结论。对这起案件，他处理得这么迅速，这么正确，可见十五岁的孙亮真是一个聪明的少年。

古代文体知识

看完这本书，有的少年朋友会提出，书中的有些作品并不像小说啊？这就牵扯到对小说这个概念的理解了。

什么是小说呢？在我国古代，它的含义与今天有很大不同。"小说"这个名词，最早出现在战国时代的《庄子》一书中。庄周认为，小说是远离经世治国大道理的、浅俗琐碎的言论，这和后来作为一种文艺形式的小说没有关系。东汉的桓谭在《新论》中开始把"小说"和"譬喻"联系起来，这和形象性有点沾边了。他说："小说家合丛残小语、近取譬喻、以作短书。"和他同时代的班固写的《汉书·艺文志》里面有小说十五家，被他称做"街谈巷语，道听途说者之所造也"。班固第一个指出了小说与民间口头传说的关系。可以看出，在古人的心目中，小说只是些"短书"或"街谈巷语"之类的，魏晋南北朝时期，小说的作者们虽然把笔锋深入到人世间，但是，仍停留在真人真事的记录上。正像鲁迅所说："大抵一如今日之记新闻，在当时并非有意做小说。"他们把轶事异闻当做事实写下来，神鬼迷信的内容也不例外。他们还没有完全意识到，小说作为一种文学本身所应当具备的各种要素。

只有到了唐代，小说作者才开始有意识地进行创作，使"虚构"这一重要因素进入小说创作的领域。从这时起，中国古代的"小说"概念才和我们今天所说的"小说"概念逐渐一致起来。因此，我们应该把"小说"看成是一个发展的概念，它在各个历史阶段包含着不同的含义。

我国小说到魏晋南北朝时仅仅是初具规模，但是，它毕竟标志着中国小说已成为一种重要的文学体裁了，这是我国小说发展史上最早的一个繁荣期。

魏晋南北朝志怪小说的数量是相当可观的，现在保存下来的完整与不完整的有三十余种。它的内容庞杂，除了大量的古代神话和历史传说外，还有一些流传在民间的传说。尽管它们染上了某些怪异的色彩，具有一些消极的落后思想，但却反映了人民的爱憎，充满了美丽的幻想。我们可以把它的内容归纳为以下几个方面。

一、歌颂人民反抗斗争，揭露统治者凶恶残暴的故事。

例如《三王墓》通过干将、赤、侠客前仆后继向楚王复仇的故事，表达了人民同统治者血战到底的斗争精神，同时也暴露了统治者的凶残。

二、反映人与鬼怪斗争的故事。

例如《童女斩蛇》，写小姑娘李寄蔑视神灵鬼怪，独战巨蛇的故事。它启示读者，神灵鬼怪并不可怕，只要敢于斗争，善于斗争就能取得胜利。

三、表达人们对美好人生向往的故事。

例如《刘晨阮肇遇仙记》反映了人们痛恨黑暗战乱的现实，幻想一个没有剥削压迫、人和人和睦相处的、桃花源式的理想社会。

四、表现青年男女争取自由婚姻的故事。

例如《吴王小女》中的紫玉，因为自由恋爱的婚姻受到父王

魏晋南北朝小说

的阻挠,忧郁而死。但是,她的魂灵与韩重结合了,这就充分表达了她对封建婚姻制度的反抗,和要求婚姻自由的坚强意志。

五、保存了不少神话传说和新奇的故事。

例如《八月浮槎》,反映了人们遨游太空的幻想,是一个古老的神话。《蚁王报德》是表现人与动物互相救助的奇异故事。

魏晋南北朝志怪小说大多数作品仍属短小故事,叙事粗陈梗概,可是它不再依附历史人物和事件,也不单纯为说明某一个哲理服务,其中一些优秀作品的写作技巧已经比较成熟,有了一定的艺术性。在艺术上它有下列几个特点。

第一,创造了人物形象。

例如《汉武故事》中,汉武帝的沉着,老板娘的精细,店老板的正直粗鲁的性格都十分突出地表现出来了。《童女斩蛇》中,塑造了少年女英雄李寄的形象,十分感人。

第二,注意了细节描写。

例如《义犬救主》中,杨生落井后,过路人向杨生提出,以狗作为救他的报酬,这时,"狗因下头目井,生知其意"。这个细节,表现了义犬的性情通灵和对主人的深厚感情。

第三,结构完整,情节曲折。

例如《汤林幻梦》中,交代了汤林梦前、梦中、梦后的情节,首尾连贯,独立完整。《左慈》中的情节曲折多变,出神入化,推动了故事的发展。

志人小说在魏晋南北朝也很盛行,《世说新语》就是这类小说的代表。它冲破了谈神论鬼的圈子,专写现实的人和事,生动传神地反映出那个时代上流社会的精神风貌。

这部著作在一定程度上暴露了统治阶级的豪奢和残忍。

在大富豪石崇家,蜡烛当柴烧,从厕所里出来的人换新衣,大宴宾客时叫美人劝酒,如果客人"饮酒不尽",就把美人杀掉。

《世说新语》还记载了当时士大夫们奇特的举止行为。

曹丕在给王粲送葬时,对大家说:"王粲好学驴叫,咱们各学一声,就算是送别。"于是,墓地上空便响起一片驴叫声。士大夫们在一起,整日说些无关大体的空话,还有的人隐居、饮酒、自我麻醉等等。

除此之外,还有一些篇章对我们有启发、借鉴作用。

《浪子成才除三害》中的周处勇于改过,为民除害;《荀巨伯不败义求生》写荀巨伯忠于友情的高尚品质;《郗超举贤》中的郗超,不计小怨,顾全大局;《有心人陶侃》记述了陶侃节约物资、增进工作效率等,这些都是有积极意义的。

《世说新语》在艺术上有较高的成就。

首先,它记人常常采取片段的形式,能在短小的篇幅中,通过人物的语言和行动,三言两语,短短几笔,极其简练地表现出人物的性格特征。

例如《割席绝交》中通过管宁"割席分坐"的动作和"子非吾友也"的一句话,表现出他是一个有原则的少年。《王蓝田性急》中,只用几个小动作,就把王蓝田的急性子绘声绘色地刻画出来了。

其次,它的语言精练、含蓄、隽永传神,有较强的概括力和表现力。它把一些口语熔铸成生动活泼的文字语言。有许多广泛运用的成语就出自《世说新语》,如"难兄难弟"、"拾人牙慧"、"一往情深"、"咄咄怪事"等。

志人小说还有另一个流派——记述诙谐言行,富有讽刺意味的笑话集,代表作是《笑林》,作者是魏国的邯郸淳。可惜原书已经失传,只有少数篇章留下来了,如《小气鬼》等。

　　魏晋南北朝小说是中国小说的童年,它篇幅较短,情节不太复杂,人物刻画也还不够充分。但是,我们不能割断历史。从发展的眼光来看,她那单纯、古朴、稚气的神态,是具有人类艺术童年时期那种不可企及的美的。我们可以从她身上吸取更多的营养,作为我们今天文学创作的借鉴。

图书在版编目（CIP）数据

魏晋南北朝小说/傅璇琮主编. —济南:泰山出版社，
2007.4 （阅读中华经典）
ISBN 978－7－80634－580－1

Ⅰ．魏… Ⅱ．傅… Ⅲ.古典小说—作品集—中国
—魏晋南北朝时代—青少年读物 Ⅳ．I242

中国版本图书馆 CIP 数据核字(2006)第 138641 号

主　　编　傅璇琮
编　　著　徐　明
责任编辑　于景明
装帧设计　胡大伟

阅读中华经典

魏晋南北朝小说

出　　版　泰山出版社

社　　址　济南市马鞍山路 58 号　邮编　250002
电　　话　总编室（0531）82023466
　　　　　发行部（0531）82025510　82020455
网　　址　www.tscbs.com
电子信箱　tscbs@sohu.com
发　　行　新华书店经销
印　　刷　沂水沂河印刷有限公司
规　　格　150×228mm　16 开
印　　张　13.375
字　　数　128 千字
版　　次　2007 年 4 月第 1 版
印　　次　2015 年 12 月第 3 次印刷
标准书号　ISBN 978-7-80634-580-1
定　　价　19.50 元